家康　最後の日々

岸本（下尾）静江

まえがき

静岡市立歴史博物館で「戦国時代末期の道と石垣の遺構」を見た。発掘された遺構は駿府城正面のすぐ外側。幅約二・七メートル、長さ三十メートルの土を踏み固めた道。その両側には堅固な石垣が積まれ、家康居城時代重臣の邸と邸を結ぶ道だったと推測されている。とすると、片側の屋敷は腹心、本多正純の居宅だったかもしれず、もう一方は井伊直政、酒井忠次、榊原康政、本多忠勝など四天王の誰かの邸宅？

あの時代、気軽に出歩いた家康のこと、夜半警護の家臣だけを連れ、前触れもなくこの道を通って誰かの邸に入り、大坂攻略の策を練ったかもしれない。

と想像してワクワクし、私もその遺構の一部を踏んでみた。目をつぶってみた。すると自分もその行列のしんがりに加わり、先頭をヒタヒタ歩む家康の達者な足取りに遅れまいと、必死に追いかける自分の姿が浮かんだ。

著名な比較文学・比較文化学者の故芳賀徹先生は、「多くの小説家が家康を主人公にした物語を書いているが、せいぜい関ヶ原の戦いまで。実際に面白いのは関ヶ原以降であり、家康が駿府でスペインなどとやり合った時代だ。スペイン勢力の正体を見破り、キリスト教禁令を発布する。その駆け引きは見事であり、平和な徳川時代を築くことにつながった。もっと調べて小説にすれば面白いのだが、誰かいないのだろうか。」（『静岡人』Vol03家康公顕彰四百年記念号「謎解き徳川家康」静岡旅行記者協会発行）とお書きになられたが、たしかに高名な小説家が家康の生涯を様々な角度から描いていても、多くは彼の武将としての生涯であり、数々の戦いの場面である。信長・秀吉と続く戦国の日本を統一へと導く武将の姿である。

関ヶ原の戦いはその集大成であって、武将としての家康はそこで終わる。

そこからが政治家としての家康が始まる。

故芳賀先生は、その政治家としての家康に面白さを感じ、その人となりや彼の二百六十年に及ぶ徳川幕藩体制構想を描く小説家の出現を待たれたのだろう。

その先生の言に触発されたわけではないが、私もそれをこそ描きたいと以前から思っていた。だが、著名な小説家を差し置いて、私ごとき素人がそんな大それた事業ができる？

幾度か自問したが、でもやりたい。

というわけで、本編では私の感じた家康の人となりを描いてみた。それは白昼白書院《しろしょいん》の上段で威風堂々諸大名を睥睨《へいげい》する大御所様、家康ではない。豊臣秀頼を滅亡に追い込む策を練り上げながら、その妻で孫の千姫を思い、涙する好々爺の家康である。「一門世臣というとも親疎愛憎を以て政事を乱すべからず」と死の床で遺言しながら、「義直、頼宣、頼房は例外じゃ、この三人はいまだ幼き年齢なれば、その行く末が儂《わし》のもっとも案じられる点じゃ。この三名については、斟酌《しんしゃく》を、斟酌を、…、頼む」と病に面変わりした頬に大粒の涙を滴らせる人間家康である。

目次

装幀＝浅葉克己デザイン室
浅葉克己／長谷川詩

第一章　慶長十四年（一）　オランダ人来航

［一］　オランダ船平戸着

「ナニ、オランダ人が平戸に入っただと?」

慶長十四年六月（西暦一六〇九年七月）、駿府城近辺での早朝の乗馬鍛練から戻った家康は待ちかねた側近の本多正純の報に手綱を随行の従者に渡すことも忘れて叫んだ。

「按針《あんじん》をこれへ」

ともどかしく諸肌《もろはだ》を脱ぎ、肩や腕の汗をぬぐいながら命じると、正純は、

「すでに按針殿は控えの間に詰めております」

と告げた。

「よかったのぅ、按針、ようやくそちの宿望が達せられたではないか」

家康はせかせかと両腕の袖を通しながら、控えの間で慎ましく平伏している旗本、三浦按針に呼びかけた。

「ハッ。それにその船には先年大御所様が帰国をお許しになったリーフデ号の乗組員、サント

フォールトが案内人として戻りましてござります」

按針は顔を上げた。彫りの深い顔、青い目。金色に近い栗色の髪、髭。三浦按針。本名ウィリアム・アダムス、イギリス人。

今を去る九年前の慶長五年春、関ヶ原の戦いの半年前にオランダ船リーフデ号の航海長として豊後臼杵《うすき》の佐志生《さしう》湾に漂着した。同船はその二年前オランダのアムステルダム港から五隻の船団で東洋貿易を目的に出港したが、当時世界の海を席巻していたスペインやポルトガルの敵国船として世界各地の海上や港で襲撃され、さらに悪天候や立ち寄った島々での現地人の襲撃・略奪、また熱帯病・食糧難など様々な障害に遭遇、佐志生湾に漂着した時はリーフデ号ただ一隻、乗組員わずか二十数名という、人も気息奄々《えんえん》、船も崩壊の一歩手前だった。

船長のクァケルナックすら歩行もできない状況下、なんとか自力で行動できる点と、家康から派遣された日本イエズス会の宣教師達とスペイン語で会話ができるという点、また航海長という立場で、アダムスだけが家康との会見に臨むことができたのだった。


当時家康は故豊臣秀吉から遺児秀頼《ひでより》を託された五大老の筆頭として伏見に滞在していた。しかしそれは世間体を繕うためで、やはり後顧を託された五奉行筆頭の石田三成との一戦を目前に、着々と己が勢力を拡大しつつあるのは誰の目にも明らかだったのだ。

故太閤の、外国からの漂着船は積み荷没収、乗組員捕縛・監禁、という対外政策がそのまま踏襲されていたため、乗組員は臼杵に監禁、アダムスは伏見到着後ただちに投獄され、数日おきに家康の面前に引き出されては、日本渡航の目的、積荷の有無と内容、等々を執拗に問いただされた。

しかもアダムスがイギリス人、他の乗組員はオランダ人、両者ともプロテスタントということが判明すると、カトリックの布教を掲げて来日していたイエズス会の宣教師達は、アダムスの交易目的の説明を直に家康には伝えなかった。逆に、イギリス人はスペインの植民地からの財宝運搬船を襲う海賊であり、またオランダ人はスペイン国王血族の統治する神聖ローマ帝国支配下の一領土であるにも拘わらず、常にそこからの独立を計っている反逆民であり、この者らの入国はジパングにとり、「決して許されるものではござりませぬ」と断言した。

アダムスにはその日本語が理解できなかったが、彼らの顔色や身振り、またそれを聞く家康らの態度から、自分達が決して歓迎されざる存在であることを察知し、そのたびに自分たちを待ち受けている不吉な運命が脳裏を横切った。

「磔《はりつけ》か？」

慶長三（一五九八）年太閤秀吉の長崎での二十六人のカトリック教徒の残虐な磔刑《たっけい》の報は戦慄と憎悪を伴って世界中に喧伝され、アムステルダム出港直前のオランダ人達もその噂に身震いしたものだった。

そんな時、不安におののくアダムスを救ったのは家康の外国船への強い関心だった。

それ以前から家康は、マカオから来たイエズス会やフィリピンのルソン島から渡来した托鉢修道会の宣教師達の乗って来たガレオン船と呼ばれる大型帆船に強く惹かれていた。聞けば、この男が操船してきたリーフデ号とやらいう船は、瀬戸内海の西端、豊後水道を渡り切った先、九州臼杵佐志生に係留されている、という。

それまで宣教師達の到着地は平戸や長崎、あるいは薩摩。大坂に来るには同じ九州でも肥前、肥後、筑前沿岸をぐるりと周航して関門海峡を通過、瀬戸内海を経由しなければならないが、臼杵湾なら豊後水道を横切れば直に瀬戸内海だ。

「その船、大坂まで曳航してまいれ」

と家康は命じた。

そして曳航させた甲斐はあった。二年間の想像を絶する苛酷な航海を経、これ以上の航行は不可能、といわれる廃船寸前のボロ船だったが、応急措置をさせ、大坂湾にその姿を現したリーフデ号の雄姿。

たった二十人の生存者が操作して辿り着いたのだが、それでも明船《みんせん》を改造した平底、上下に畳める筵《むしろ》帆一枚、付属の白布帆四枚の和船とは外観だけでもまるで造りが違う。

船首は高々と天空にそびえ立ち、三本の帆柱に取り付けられた大中小の二十枚ほどの帆はへんぽんと海風に翻っている。波の抵抗を少なくするため喫水線以下が逆三角錐に設計された船底。

家康はアダムスに案内させて船内を隈なく見て回った。

船底から最上階の甲板まで四層の重層に区切られ、最下層は貨物や船具の倉庫や食糧庫、第三層は水夫や調理員達の、第二層は高級船員達の、と上階にいくほど高位の人員の船室となり、最上層の艦首楼は船団司令官や船長など最も高位の人々の居室になっている。三百トン、正規乗組員百十人。

和船から見れば大変な巨船だが、それでも同時にアムステルダムを出港した船団の中では、最大というわけではなかったという。

長い航海で大部分の積荷は腐敗、破損していたし、また品質の変わらぬ枝サンゴやコハク、ビーズをはめ込んだ大箱などは家康の食指をそそるものではなかった。

が、最後に家康が目を留めたのは左右の舷側《げんそく》に並んだ十九門の最新式大型のカノン砲だった。それればかりではない。その他数門の小砲、五百丁のマスケット銃、五千発の鋳鉄製砲弾、三百発の連鎖弾（二個の弾丸を鎖で連結して敵艦のマストなどを撃破）、五十キンタル（一キンタルは約五十キログラム）の火薬、鋼鉄製胸当て付き七分丈の鎖帷子《くさりかたびら》大箱三個、三百五十五本の投げ矢、大量の鉄釘、ハンマー類、長柄付き大鎌などが続々発見された。

「これは…」

家康は絶句した。これだけの最新式武具があれば、これから仕掛けようとしている大坂方との戦いに勝ちを得るのは明白。家康の背後を東北から狙う上杉景勝の討伐にも有効だ。

「これをすべて我が伏見屋敷に運べ。決して他の大名に覚《さと》られてはならぬ」

と厳命し、ことごとく伏見城下の下屋敷や堺の交易商人角倉了以《すみのくらりょうい》の倉庫に密かに運ばせた。

上洛の際は伏見城内の二の丸を宿舎にしているのだが、そこへの搬入は厳に避けねばならぬ。豊臣方の大名がいつ目をつけて「家康謀反」の証拠とするか、あるいは「拙者は徳川殿のお味方なれば」と追従しつつ、分け前を要求、もしくは豊臣方に売り込むか、油断ができなかったからだ。

その傍らアダムスを頻繁に手元に呼びつけ、それら武具の操作法を詳細に聞き取り、子飼いの三河武士達に習練させた。

これが半年後の関ヶ原の戦いでいかに有効に働いたことか。

長大なカノン砲を特製の荷車に乗せ、雨中のぬかるみをサントフォールトやヤン・ヨーステンに指揮させ桃配山《ももくばりやま》の家康陣地に運ばせた。それをアダムスが石田三成の陣地小関村までの距離と、空に向けた砲身の仰角とから砲弾の飛距離と落下地点を計算。撃て！の合図で発射された巨大な弾丸の宙をつんざく轟音の威力と落下地点の正確さ。危うく三成の陣は吹き飛ぶところだったという。

もっともそれを戦記に記載することは両陣営ともなかった。敗軍はもとよりだが、家康方も異国人の加勢により勝った、とは書きにくいからだ。

その異国人の助力がもし三成側だったなら、逆に関ヶ原での勝利はなかったかもしれぬ、と今思っても、家康は脇の下に冷たい汗が噴き出るのを覚える。

その功により、アダムスを旗本に取り立てた。相模国三浦郷二百石を与え、その郷名と水先案内人（按針）の意から三浦按針という日本名を自ら命名してやった。領土以外に江戸日本橋魚河岸近くに一軒、浦賀に一軒、邸も与えた。また、自分には故国に妻子がいて自分の信じる宗教では二重結婚は許されないから、と固辞する彼に、旗本には側室が必要じゃ、として日本人妻を持たせた。

関ヶ原戦後、家康の次の目標は日本の全面的な統一だった。大坂には幼い太閤の遺児秀頼がいるが、この幼子の成長までにまだひと息ある。それまでに徳川の社稷《しゃしょく》を盤石のものにしておかねばならぬ。

それまでに一歩々々布石を敷いておかねばならぬ。

秀忠の長女千姫を七歳で秀頼の正室として輿入れさせたのもこの布石の一つだった。

また伏見の金座銀座を拡充し、後藤庄三郎には小判を、大黒常是《だいこくじょうぜ》には銀貨を一手鋳造させたのも、統一国家には統一貨幣鋳造・流通が必須だったからだ。佐渡、石見《いわみ》その他の金銀鉱山の開発を活発に行わせ、それを全て幕府直轄領としたのもすべてこの目的だった。

「按針がおるからには、南蛮貿易も我が手で」

国内に着々と地歩を固める一方、家康の目は明《みん》、朝鮮、アジアから、さらに遠く西洋諸国との交易にも向けられ始めた。

リーフデ号様式の船にリーフデ号並の武具を装填すれば、天下無敵だ。将来日本の統一を成し遂げた暁には、この船で広い海洋を航海させる。

儂《わし》自《みずか》ら連中の言う「北の海」（大西洋）、「南の海」（太平洋）の彼方への航海は無理じゃとしても、輩下の、そうじゃ、例えば西九郎兵衛、茶屋四郎次郎や角倉了以、後藤庄三郎など、京や堺の貿易商人を直接エスパニア（スペイン）、ポルトガル、果てはオランダや、この按針の母国エゲレス（イギリス）に派遣して、暴利を貪る異国人商人の出鼻をくじいてやれるわけじゃ。

いずれくる豊臣秀頼との最後の一戦に必要な武器やその材料の調達ばかりでない。

これからますます拡張しなければならぬ江戸の町の水利、交通網、防備、区画整理などに必要な土木、建築などの都市基盤整備には、西洋の進んだ資源、資材の調達や技術がさらに必要になってくる。

まずはそのための交易、そのための我が手による南蛮式帆船建造じゃ。南蛮船を自らの手で建造し、自らの差配で南蛮の国々と交易する。

家康の胸中にむくむくと壮大な夢が沸き起こってきた。

そしてその夢の実現には按針が、按針の知恵が是非とも必要じゃ。

アダムスはリーフデ号の航海長として当然航海術・天文測量術・幾何学などの知識を持っている。さらに彼は若い頃イギリスで造船会社に勤務、造船の技術にも長《た》けているという。

そうじゃ、やつに船を、洋船を造らせるのじゃ。

かような能力を持った男、我が国内でもめったに居《お》るまい。

家康がアダムスに実際に伊東で西洋式帆船を二艘造らせたのは、それから間もなくだった。

アダムスはそれらの能力以外でも何によらず目端《めはし》も利き、家康の疑問に明快に応答した。この点でも他のリーフデ号乗組員のオランダ人より家康が彼を重用する大きな理由となっていた。

他にも彼を重用する別の理由がある。

キリシタン布教のキの字もフの字も言わない、という点だ。スペインやポルトガルからのバテレン共（宣教師）のように、宇宙の森羅万象を「すべからずデウス（神様）の御心でございます」とは言わず、すべて家康の納得できる理屈で説明する。

また南蛮バテレン共のみを通詞にしておくと、自分らの都合のよい方向へばかり話を持っていきたがるので、万事油断がならない。

その点按針は、バテレンの本国エスパニアと敵対関係にあるエゲレス人だからなおさらバテレン共の言が正当なものかどうか判断してくれる。日本語も驚くほど早く上達した。

反面、秀忠をはじめ江戸城では、

「按針の申すことはエゲレスやオランダ贔屓《びいき》でござりますゆえ、それはそれでご用心遊ばせ」

と言うが、ナニそんなことはわかりきっておる。

右に傾いた錘《おもり》には左に錘を付ける、両者の均衡を図ることこそが政《まつりごと》を司る者の心得ではないか、と家康は歯牙にもかけなかった。

他のリーフデ号の船員はともかく、按針だけは今後とも手放すわけにはいかぬ。いくら彼の望郷の念がこの九年間増しこそすれ、消えることはなかったにしてもだ。彼が折あるごとに、手柄を立てるごとに、その望郷の念を言葉に、態度に示してきた、と言えどもだ。

それでは自分の出国の代わりに、是非オランダかイギリス船の来航を招来していただきたい、とアダムスは懇願した。

それを受けて家康は、リーフデ号の船長だったクァケルナックと乗組員だったサントフォールトの二人を五年前にマカオ行きのポルトガル便船に乗船し帰郷することを許した。

その時二人に出した家康の条件は、(一)東アジアのどこかの海上か寄港地に駐留しているオランダ戦隊責任者にリーフデ号の日本漂着と生存者の報告をし、並びにオランダとの交易を願う家康の書状および朱印状を手渡すこと、(二)その書状を確実に受領し、さらにリーフデ号の残留船員たちが託した手紙を本国へ送還した、というオランダ側の公式返答を持ち帰るため、二人の内の一人は必ず日本に立ち戻ること、という二点だった。

そして今朝、オランダ船二隻が半月前平戸に到着し、案内役としてサントフォールトが乗船してきた、との長崎奉行長谷川藤廣と平戸城主松浦《まつら》重信からの報だった。

すぐにも使節を駿府へ、と気忙しく命ずる家康に、アダムスと正純は、すでに手配いたしました、と即答した。

〔二〕　オランダ使節謁見

それからほぼ一月《ひとつき》後の七月十五日、オランダ使節がいよいよ駿府に姿を現した。

「ようやく大御所様にお目通りが叶いました」

とアダムスは傍らに窮屈そうに身を屈めている四人のオランダ人を顧みた。

「こちらが今回初来日したアブラハム・ファン・デン・ブロックとニコラス・ピュイック、それにヤックス・スペックスでございます、それと…」

「おお、そちはサントじゃの。約束通り、よう帰って参った」

家康はまだアダムスが紹介し終わらぬ四人の内、サントフォールトの顔を見て相好を崩した。アブラとかニコラとか七面倒臭く長ったらしいオランダ人の名前より、顔なじみで日本語がわかるサントの方が手っ取り早く話が進む。

「ハイ、オ約束通リ戻リマシテゴザリマス」

とアダムスほど日本語が堪能でないサントフォールト、正確にはメルヒオール・ファン・サントフォールトは、五年間の空白を埋めるべく必死で日本語を思い出しつつ言った。

「私ト船長ハ、ポルトガル船デマカオニ渡リ、マカオカラ便船ヲ得テ一六〇五年十二月二日パタニ（マレー半島東岸）ニ到着シマシタ」

とサントフォールトは言い、その後はアダムスに通訳を頼んだ。

それによると、サントフォールトと船長ヤコブ・クァケルナックは、パタニからオランダ東インド会社の拠点ジャワのバンテンに到着、自分達の日本漂着の件、日本で救出を待つアダムスやヤン・ヨーステンなど残留乗組員の救出を願い出た。

そしてその救出後は、オランダ本国行きの同社の便船があれば同乗させて欲しい、と嘆願もした…

そこまで聞くと、家康は待てぃ、と片手を上げた。

「オランダは東アジア地域には拠点を持たぬ、と聞いておる。それゆえ、そち達のリーフデ号は国を出てから二年もかけて我が国に到達したのではなかったか」

「ソレハ昔ノ話デゴザリマス」

と、サントフォールトは顔の前で手を左右に振った。

たしかに私共がアムステルダムを出航いたしました一五九八年には、オランダは東洋に足がかりはありませんでした。

「ところが、私共がお国でお世話になっていた一六〇二年三月にはジャワのバンテンに東インド会社を設立し、東洋進出の拠点にしていたのです。イギリスはもっと早くその二年前の一六〇〇年の暮、もっとも実質的には翌年春ですが、やはりバンテンに東インド会社を設立しておりました。お国に滞在中だった私共には、その情報は全く入ってはおりませんでしたが」

何故じゃ、と家康は訊《たず》ねた。

「それはオランダ、イギリスがルソンやマカオに拠点を持つスペイン、ポルトガル両国の敵ですから、お国に渡航してくるカトリックの宣教師達は大御所様や江戸の将軍様に申し上げたくなかったのでござりましょう」

拙者も今回初めてそれを聞き、耳を疑ったところでした、とアダムスは付け加えた。

「私達二人がそのオランダ東インド会社のバンテン商館に到着し、委細を説明したところ、仰天したことには、オランダ側はずっと以前から私達リーフデ号の日本漂着の報を知っていたということでした」

サントフォールトは説明を続けた。

ところがその一報を受けた同社ジャワ商館長ビクトル・スプリンケルは稀にみる消極的、さらにいえば怠惰で職務遂行能力に欠けた人物だった。

日本で命の瀬戸際にあった同胞の報に無関心で、救出に何の手段も講じなかったばかりではない。今回の二人の嘆願も全く聞き入れず、本国に送還することも、二人の携えてきた残留乗組員の故国宛て書簡の送付も受け付けなかった。それどころか、二人のバンテンでの処遇すら講じなかった。

曰く、南シナ海はポルトガル勢力の全面的支配下にあり、オランダ戦隊はポルトガル戦隊をインドネシア海域から追い払うだけで精一杯、日本への交易船派遣など考えもしない。またオランダへの便船もバンテン寄港予定は当分なく、したがって日本皇帝の国書を国王に伝達するツテもない、と言う。

このオランダ商館長の冷淡な態度にあきれ、二人はバンテンでそれぞれ独自の身の振り方を模索することにした。

サントフォールトは故国オランダへの帰還を早々にあきらめ、再び平戸へ戻ろうと決心した。そこでパタニに戻り、日本かマカオ行きの便船を待つ間に今回のオランダ船の日本行きのニュースを知り、早速自分が日本への案内役を買って出たのだ、という。

結局三年もの年月をパタニで過ごしたことになる。

「で、船長はどうした、無事に故国へ帰れたのか?」

と家康は訊《き》いた。一人が立ち戻っただけでも良しとせねばならぬが、もう一人の行方も気にかかる。

「クァケルナック船長ハ、死ニマシタ」

サントフォールトは肩を落として言った。

サントフォールトと別れて半年後、クァケルナックは自分の従兄弟マテリーフ・ド・ヨンゲが率いる九隻の対ポルトガル戦隊がマラッカ海峡ジョホールに投錨したことを知った。

勇んで従兄弟の艦隊に加わった彼は、その艦隊の一隻、「リーフデ号」の船長となった。奇しくも自分が率いて日本に漂着した船と同名の船だった。

第二「リーフデ号」は数次の対ポルトガル海戦に参加したが、中でも十月のラシャード岬(マレーシア、マラッカ海峡に面した灯台で有名な岬）沖での海戦は激烈で、激しい戦闘の末、新旧二船のリーフデ号船長はポルトガル側の猛攻に屈し、あえなく落命した、という。

家康は五年前故国に帰れる、と希望にあふれて暇《いとま》を告げたクァケルナックの笑顔を思い出し、あの船長がのぅ、と嘆声をもらした。

「その時の海戦は誠に激烈、こんな戦いは二十年前のスペインとの闘いでもなかったくらいで、さすがの我が戦隊もポルトガル戦隊に完膚《かんぷ》なきまでに叩きのめされたそうです。なにしろ相手の司令官がマカオ総督アンドレ・ペソアという猛将で、…」

「今何と申した？　ポルトガル艦隊の司令官アンドレ・ペソアと？」

家康は片膝を立て、正純を振り返った。

「たしか一昨年マカオで、晴信の家臣二名を処刑したポルトガル総督もさような名じゃったが」

一昨年、自分が要望した南洋の香料を求めて有馬晴信が派遣した特命の使者をマカオで処刑したポルトガル総督の名が、たしかアンドレ・ペソアと言った。

もし同一人物なら、その男が四年前にクァケルナックと戦ったというのだ。

「はっ、拙者もさようにに記憶しておりまするが、ただ今確かめて参ります」

正純は立ち上がると袴の股立《ももだち》を取り、奥の間に急いだ。

その報告を待つ間、アダムスが今回のオランダ人来航に至るまでの話を進めた。

「船長の死は無駄ではなかったのです」

その海戦の報がオランダに伝わると、オランダ人のポルトガルへの国民的敵愾心《てきがいしん》が澎湃《ほうはい》と沸き起こった。

同時にまた故船長の使命が日本からのオランダ国王への国書伝達である、ということもわかり、オランダ人の日本への興味、特に交易への関心も沸き起こってきた。

それにはまた別の科学発展も寄与した。一六〇六年メルカトール図法による詳細な海図がオランダから発行され、これにより東アジア各国の領土、支配海域がより詳細に記述され、明確に識別されるようになったのだ。

この二つの事件から、オランダの東インド会社を主体とする複数の商社の日本への投資熱が高まり、ついにオランダ国王から日本皇帝への国書が送られるという事態に至った。

この動きを前に、さすが怠惰なオランダ商館長ビクトル・スプリンケルも重い腰を上げざるを得なくなった。彼は渋々家康への国書携行の使者を任命、二隻の派遣船、デ・グリフォン号とローデ・レーウ・メット・パイレン号をバンテンから出港させた。

一六〇九年五月半ばのことで、サントフォールトが待ち焦がれた日本への便船だった。

アダムスの説明を聞き終わると、家康は三人のオランダ人使節に向かい、堰を切ったように矢継ぎ早に質問を開始した。

そもそも、オランダ国とはいずくにあり、エゲレスやエスパニア、ポルトガルとの関係はどうか。汝らのアジアにおける拠点はいずくにあり、その地はいかなる場所か、我が国へはいかなる経路を辿り、何日掛かるか、いかなる船で、乗組員は何人必要か、その船はどこで建造されるのか、途中の航海は順調か、順調でなければその原因は何か。

「問題は数え切れぬほどございます」

と初来日の三人は口々に答えた。

「まず、天候でございます。アジアの天候はヨーロッパと異なり、季節ごと、風ごと、気温ごとに変化します。極端に申しますと、瞬間的に変わります」

「海流も複雑です。お国を目指して北上した船の内、何隻が途中で難破しましたやら」

「それに海賊にも襲われまする」

倭寇《わこう》じゃな、と家康は言った。しかし、そいつらは儂の掃討作戦でだいぶ減ったはずじゃが。

「たしかにワコウは減りました。ですが、もっと恐ろしい敵がスペインやポルトガルの船団でございます」

ルソン総督と図って南北から挟撃したし、倭寇の首魁《しゅかい》も大勢処刑した。

「たしかエスパニアやポルトガルの宣教師共も同じような苦情を申しておったぞ。やつらの植民地から財宝を積載した船が本国への航海途上、エゲレスやオランダの海賊共に襲撃される、とな。やつらの巨額な財宝目当て、という目的があるのはわかる。したが、往路のカラ船も襲われるし、時には本国の港まで襲撃されると言うではないか。そちら西洋の国々は何故かように争うのじゃ。その原因は主として何じゃ？　いずれその地域一帯の数ある諸国を統一するためにか？」

家康も以前からアダムスや宣教師、また日本の渡海商人達を通して、同じヨーロッパ国でありながら、オランダ・イギリス連合国とスペイン・ポルトガルなど南蛮国がアジアの海域で熾烈《しれつ》な戦いを繰り広げていることは承知していた。しかし、今一つその原因がわからない。

「ヨーロッパを一つにすることなどとうていできませぬ」

とアダムスが断言した。

「領土を統一することはできるかもしれませぬ。しかし宗教が違うのです。彼らと私達とは信じる神が違います。大御所様は、日本には神道と仏教があり、日本人はどちらも信じて、ある時はカミを祀り、ある時はホトケにすがる、別に両者を分かつことはあるまい、と日頃からおっしゃっておられます。でも…」

とアダムスは遠くを見つめるまなざしをした。

「拙者が初めて大御所様に伏見でお目通りした九年前、イエズス会の宣教師が通辞をしてくれました。が彼らは拙者がプロテスタントであることを知っておりますので、わざと拙者達のことを海賊だ、日本を侵略する者だなど、偽りの讒言《ざんげん》をしたのです。彼らは古いキリストやその戒律、その弟子達すべてを神々として信じ、拙者らのように、それら雑多な神々を排除し、キリストのみを信仰する新しい宗教、古き悪しき教えに抗議する意味のプロテスタント、と申すのですが、を徹底的に排除しようとしました。それは今でも変わりません。むしろ強くなっています。何故なら、プロテスタント勢力がますます強くなっているからです。ヨーロッパでは彼らと我々の神は決して相入れませぬ。オランダ人はスペイン人の圧政からの独立をかけて戦ってはいるのですが、それだけではないのです。オランダ人は唯一の新しいキリスト神を、スペインやポルトガル人は古いキリストや天使、聖者を信じて、その宗教の違いからこの百年、血みどろの戦いを繰り広げてきたのです」

「何がなにやらさっぱりわからぬ。そんなに自分らの神に固執せぬでもよいではないか。同じ仏教徒でも、古い真言密教もあれば鎌倉時代にできた新しい禅宗もある。元々同じ神を信じるというのなら、その信じ方が幾通りあっても差し支えあるまい」

家康が言った。一瞬の沈黙後アダムスは、この際宗教の差異を論じることは得策ではない、として結論づけた。

「いずれにしても、拙者達は互いに信仰を変えることはありません。けれども…」

と声を大にする。

「拙者達イギリス人・オランダ人は、信仰を、政治・科学・貿易と切り離すことにしたのです。信仰は信仰、その他の事物は事物と。でも、彼らはそれを絶対に切り離しはしません。彼らが口さえ開けば、あらゆる分野の事象を神の御心、神の恩寵、神の罰、と言いながら他国を蹂躙《じゅうりん》し、他国を侵略、支配する、その民を神の名の下に搾取する、あるいはそこまでいかぬとも、他国と貿易する口実とするのはそのためです」

故太閤がルソンから漂着したサン・フェリペ号の宣教師や信者を磔にしたのは、そのエスパニアの宗教による日本征服を聞いて激怒したためじゃな。それが本当なら太閤ならずとも、日本の為政者なら誰でもそうするじゃろう。

「信仰も含んだヨーロッパでの覇権争いでございます。スペイン、ポルトガル、特にスペインはそれまで植民地から得た巨額の銀を資金にヨーロッパばかりでなく、世界中の海を支配しておりましたが、オランダやイギリスが二十年ほど前にそのスペインを海戦で撃破しました。無論それまでの圧政から逃れるためでありますが、その圧政を跳ね返すほどの力をつけてきたからでもあります」

「力をつけてきた？　それはどういう意味じゃ？」

家康が訊くと、それまで黙っていたヤックス・スペックスが口を開いた。彼は三人の使節の内、最も日本への関心が強く、そのため日本到着以前からサントフォールトに、また日本到着後はアダムスから様々な日本事情を吸収してきた。

「オランダはもともと湿地帯を埋め立ててでき上がった国です。ちょうど大御所様が湿地帯だった江戸の町を埋め立てたり、水路を整備されて住民数をお増やしになったように、オランダも干拓しては商工業者をヨーロッパ中から呼び寄せたのです」

アダムスが補足する。

「人が増えれば産業も発達します。産業が発達すれば富も蓄積されます。また世界中の国々、地域と交易をして、さらに富を増やしたくなりまする」

フム、と家康は鼻を鳴らした。

「その点はようわかった。して重ねて訊くが、汝らの今回の我が国への渡海の目的は?」

「無論、お国との交易にございます」

そのために我らははるばる世界の果てと言われる御地にまで参りました。ここにそれを請願する我が国の国王陛下の国書をお持ちいたしました、と三人は恭しくオランダ総督、オラニエ公マウリッツ・ファン・ナッサウの親書を捧げた。

この時オランダはスペインからの独立八十年戦争のただ中で、まだオラニエ公は正式な国王とは呼べなかったが、オランダ人からみれば国王だった。

「して、交易品としてオランダは我が国に何を持ち来るつもりじゃ」

例えば、かような品々でございます、とサントフォールトとスペックスが印字杯二個、生絹三百五十斤、鉛の延べ棒三千斤、象牙二本という品目を掲載した目録を進物台に載せた。さらに、

「この他、大砲や小銃などの武器、防水合羽や鎖帷子《くさりかたびら》などの軍装品、南洋からの薬草・香料、硫黄・水銀などがございます。その他にも閣下がお入用とあれば、いかようにもご用立てできまする」

ウム、と家康は腕を組んだ。ここは思案のしどころじゃで。最新式の武器も無論必要じゃ、じゃが、それと共に、いや、それ以上に欲しいものがある。

家康は情報こそあらゆる戦闘の勝敗を決する最重要事項と心得ていた。

七十歳になろうとするこの歳まで数え切れない戦闘をくぐり抜けてきたが、いずれの場合も、日頃から各方面に細かく張りめぐらせた情報網のお蔭で難を避けることができたのだ。本能寺の変直後の伊賀越えしかり。関ヶ原の戦いでの勝利も、まず上杉討伐の名目で東北に向け軍を進め、その間に西国大名の石田三成への反感を綿密な情報網で確認、その上で軍を反転、関ヶ原へ乗り込んだ結果だった。

情報源というものはいくらあっても多すぎるということはない。その多い中から自分にとって確実に有利不利になるものを取捨選択することこそ、将たるものの器量、力量だ。

この信条は対外国との場合もあてはまる。いや、それ以上じゃろう。

これまでは明や朝鮮以外は、ルソンやマカオに拠点を持つエスパニアやポルトガルなど南蛮国しか我が国に接触を求めて来なかった。それゆえ、彼らのもたらす情報のみに頼って対外政策を取らざるを得なかった。しかし今思えば、その情報はいかに偏っていたことか。その偏った情報のみで故太閤は世界を見くびり、無謀な朝鮮出兵をし、明皇帝を恐喝し、ルソンに朝貢を強要した。彼にはあの当時、西洋には別の信条で離合集散し、別の宗教を奉じ、別の政策を持つ国々があることを知らなかったから仕方がないが。

顧みれば儂だとて、九年前にこの按針を知らなんだら、同じことじゃった。

これまで通りエスパニアやポルトガルからの西洋事情に加え、これからはオランダからの事情も我が胸内に蓄えよう。まだまだ儂の懐も新物を入れるに充分な余地がある。

家康は瞑目《めいもく》していた目を見開き、決断した。

「そちらオランダ人の申すこと、ようわかった。向後《こうご》、そちらの国オランダと我が国の交易、ただ今より許そう」

その返答を聞くや四人は顔を見合わせ、どっと歓声をあげた。

こんなにも容易《たやす》くジパング皇帝の交易許可がもらえるとは！

アダムスが、しっ、大御所様の御前ですぞ、と四人をたしなめた。四人がその言葉に再び鎮まると、家康は微笑しながら言葉を続けた。

「交易の拠点となる館は、いずこが望みじゃ。いずこの港にても商館建設を許す。長崎でも平戸でも。この按針の差配する浦賀なら、江戸にも駿府にも近いゆえ、なおよかろ。ルソンからのエスパニア船も今や長崎や平戸より浦賀を目指して来航する。また来航の時期も四季を問わずいずれの時節に参ってもよし。細かいことは按針や、それぞれの港の船奉行ともよう協議して決めるがよい」

アダムスは、この機を逃しては、と膝を進め、

「早速、そのお許しの件をご書面にてお願い申し上げまする」

と正式許可状の下付を願い出た。

「されば、オランダ人の来航用および日本人の渡海用二種の朱印状の支度を…」

と家康が言いかけた時、奥の間から戻った正純が、

「たしかにマカオで御使者を殺害したのはペソアでした」

と言上した。

やはり同一人か、と家康はうなずいた。

そのペソアですが、とサントフォールトは船長戦死の顛末話を蒸し返した。

「私共ガ今回平戸ニ着岸シタ際耳ニシタ情報デハ、ソノペソアガ、オ国トノ交易船ノ船長トシテ長崎ニ着岸シタトノコト」

私共が平戸から長谷川奉行殿に挨拶を、と長崎に参った時、その船を見ました。その時は彼らの方が驚いていたようです。私共の今回のジパング来着が、彼の船を追跡した結果、だと思いこんだからしいのです。なにしろ我がオランダ艦隊は特にクァケルナック船長の従兄弟は報復のため、ポルトガル船団を執拗に追跡し、船団の動きを四六時中監視しているのですから。


オランダ人との謁見を終えた家康は、腕を組んだまま座を動かなかった。

マカオからの船の到着も無論長谷川藤廣から届いていた。しかし、その船の司令官がポルトガル船団を率い東南アジアの海で死闘を繰り広げていたとは！

日本列島のすぐ近くにありながら、日本人には馴染みのない東南アジアの海が、現地人のみならずはるか遠方からの南蛮人、紅毛人同士の熾烈な争いの舞台になっている、その血みどろの覇権争いの峻烈さ、その余波が統一したばかりの日本にうねりとなって続々押し寄せてくる。

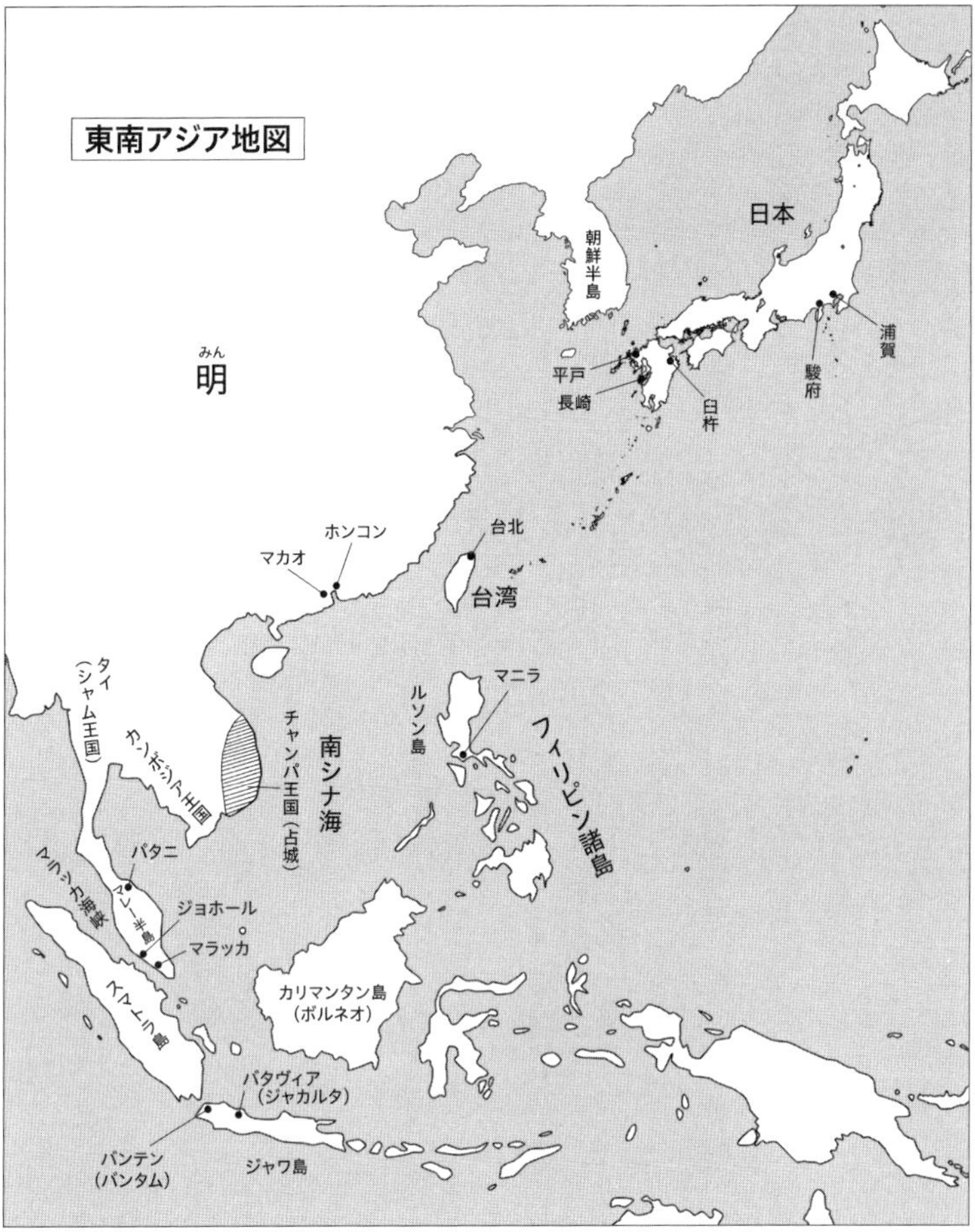
東南アジア地図
日本
朝鮮半島
明《みん》
平戸
長崎
臼杵
駿府
浦賀
台北
台湾
ホンコン
マカオ
タイ（シャム王国）
カンボジア王国
チャンパ王国（占城）
南シナ海
ルソン島
マニラ
フィリピン諸島
パタニ
マラッカ海峡
マレー半島
ジョホール
マラッカ
スマトラ島
カリマンタン島（ボルネオ）
バタヴィア（ジャカルタ）
バンテン（バンタム）
ジャワ島

下手をすればこの日本が、折角自分の生涯をかけて統一したこの日本が、根底から覆されてしまうかもしれない。

家康は今更ながらその恐怖を実感し、身震いした。

さて、日本としてそれをどう乗り切るか、だ。

［三］ルソン総督の書簡

オランダ使節に朱印状を下付した日、そういえばルソンからのエスパニア船が浦賀に到着したという知らせも入っておった、と家康は思い出した。

同船、サンタ・マリア・デ・ラ・アンティグァ号には、ルソン総督ドン・ロドリゴ・デ・ビベロ・イ・アベルーシアからの親書と彼の地に居留していた日本人船大工十九人も乗船させてきたという。

去年春着任したこの総督は、これまでの総督と違って日本に強い関心があるらしく馬鹿に親し気な書状を寄越す。

「まさずみ、まさずみ」

と家康は手を叩き、本多正純を呼んだ。

「こたびのルソン総督の書状、今一度見せよ」

対外処事担当の金地院崇伝《こんちいんすうでん》、圓光寺（閑室《かんしつ》）元佶《げんきつ》の邦訳したドン・ロドリゴからの書状を読み返すと、以前目を通した時には見落とした不可思議な文言があった。

「私の当地総督の任もそろそろ明けますれば、従来お申し越しの西洋式帆船操縦術伝授および銀精錬工派遣、また当方からの自由なカトリック布教活動要請につき、直接大御所様と膝を交えてお話し仕《つかまつ》りたいものと愚考いたしおり…」

任が明けた暁には自らこの日本に乗り込んで来るつもりか、あるいはそれは実現不可能な、いわゆる外交辞令と申すものなのか、ハテ、と改めてこの書を開いた家康は再び首を傾げた。

今回の彼の正式文書にも、これまでの代々の総督の書状同様、この数年来家康が再三要望してきた西洋式帆船操縦術伝授も銀精錬工派遣も確約してはいない。

まず西洋式帆船操縦術伝授の件だが、帆船自体はリーフデ号漂着を機にアダムスにすでに八十トンと百二十トンの二隻を造らせていた。

アダムスは青年時代ロンドンのテームズ河畔ジリンガムの造船所で徒弟をしていた経験から、完成した船は見事な出来映えだった。

しかし、西洋式帆船は帆柱が三本以上、帆が縦型横型大小数十枚もあり、その帆柱一本、帆桁《ほげた》一本、帆一枚一枚の役割が異なり、したがってそれを操る水夫の持ち場や技術も異なってくる。操舵《そうだ》だけでも大勢の水夫が要る。当時の舵は舵輪《だりん》ではなく舵柄《かじづか》という、蝶番《ちょうつがい》で船尾の力材に取り付けられ、船尾楼の下の空間に突き出している丸棒を人力で動かすものだった。

そもそも操船とは、右の技術以前に、目的地点とその方向、自船の位置、風向・風力観測、気象観測、海流観測など、複雑な観測技術を必要とする。

リーフデ号の航海長だったアダムスが、当然それらの技術を熟知しているからこそ造船できたわけだし、生き残った他の乗組員もそれぞれの持ち場の技術はわかっている。ただ、太平洋のような外海での航海には二十名程度の乗組員ではとうてい足りない。三百トンのリーフデ号の操船には、出港時乗組員百十名を要した。その全員が一丸となって操船しなければ、嵐や外敵の襲来などの非常時には対応できないという。

家康は、数人いる船奉行の中でも秀忠付きお召船《めしぶね》の船奉行《ふなぶぎょう》向井政綱・忠勝父子にその帆船操船術の習得を命じた。

向井父子はアダムスに、造船適地として良材を入手しやすく、ドック代わりの船渠《せんきょ》を造りやすい、として伊豆の伊東を勧めたり、公儀の船大工を斡旋したり、造船作業万事に相談役として携わったからだ。

その配下の水夫共なら数も多いし、和船の操船作業も手慣れている。

政綱・忠勝に西洋帆船の操縦法を会得させれば、百人力じゃ。

「それが逆にスペイン側には脅威なのでしょう」

とアダムスは言った。

彼によればスペインは大艦隊を所有、それを世界の海に派遣することによって新大陸を探検、そこを植民地とし、そこから搾取した富で世界制覇を成し遂げた国だ。

「日本人は油断がならない、と彼らは思っているのです。なにしろ日本は、鉄砲が伝来されて半世紀も経たないうちに世界一の鉄砲生産国になった国。その日本に自国の大事な船自体を売却したり、操船技術を伝授したりすれば、日本はすぐに自前の船を自国民で操り、世界中を荒らし回るだろう、と恐れているのですから」

また銀の精錬職工派遣要請についても同様だった。

これまで幾度も要請し、もはや徒労とも思える銀の精錬職工派遣交渉をルソン、ひいてはその本国のメキシコ、スペインに繰り返し要請していたのには、家康の、日本の、切実な事情があった。

戦国時代になっても日本には全国に統一された金属貨幣は存在せず、それぞれの大名が自分の藩内に通用する貨幣を造り、流通させてきた。

甲州武田氏の甲州金などがその一例だが、あくまでも地方貨であり、貨幣として流通するには金貨は高額でありすぎた。太閤秀吉も天正大判を造らせたが、これも彼の威勢を天下に知らしめる贅沢品で、かつ運搬には大きすぎた。

もっと簡便な国内流通貨幣としては、永楽通宝と言われる明の銅銭が流通していたが、元々日本の市場経済は米と他物品の物々交換制が主流だったため、庶民間ではそれほど貨幣自体が重要視されてはいなかった。

しかし家康が国内統一をほぼ完了すると、それまでの各藩独自の藩内流通貨幣では全国的に通用せず、ますます国内統一貨幣の必要性がましてきた。

また海外との貿易が盛んになるにつれ、日本製金属貨幣への要望が高まり、生野や石見など国内金銀鉱山の開発も活発に行われ始めた。

それを受けて幕府は国内市場向けには慶長十一（一六〇六）年銅銭の慶長通宝を発行・流通させ、対外貿易用としては慶長六（一六〇一）年金座から慶長金、銀座から慶長銀小判を鋳造した。

この時の精錬法「灰吹法《はいふきほう》」（金や銀を鉱石からいったん鉛に溶け込ませ、さらにそこから金や銀を抽出する方法）で製造された銀は純度が高く外国商人には歓迎されたものの、いかにも非能率的だった。大量の薪などの資源が必要な上、職工達の鉛鉱接触・蒸気吸入による健康被害も甚だしかったからだ。

折しも大銀産地メキシコでは十六世紀半ばから水銀を用いた「アマルガム法」（金銀を鉛ではなく水銀に溶け込ませる法）と呼ばれる新しい銀精錬法が開発され、この方法で容易に精錬された大量の銀が世界市場を席巻していた。

その報に接した家康は是が非でもその技術を日本に導入したくなった。

それにはその技術を伝授してくれる職工の日本渡海要請をしなければならぬ。

因《ちな》みに、新大陸のメキシコとペルーの銀鉱山から採掘された大量の銀鉱石は、精錬された後スペイン本国に輸送され、スペインや同族の神聖ローマ帝国の軍事費や領地の維持費などを支えてきた。新大陸で開発され新技術で精錬された大量の銀流入のため、ヨーロッパの銀価格が暴落、十六世紀前半までの銀価格が金に対して一〇対一程度だったのが、それ以降は一五対一程度になった、と言われている。

世界の銀産出量は当時約六百トン、その内日本産銀は百五十〜百九十トン。膨大な日本産銀がさらに世界へ流出されれば、スペイン経済の優位性は揺らいでくる。

アダムスによれば、銀もスペインの世界制覇の源となっているため、国是としてもその精錬法は他国に伝授できないはず、というのだ。

この国是を盾に、代々のルソン総督は家康の要請に対し、のらりくらりと言を左右にしてきた。自分はスペイン本国出身の貴族で根っからの軍人、植民地での銀採掘現場に行ったこともなく、本国で受け取るのは銀の延べ棒だけで、その精錬法など考えたこともない、という。

それでも、その件に関し返答してきただけでもましだった。それどころかこちらの要望はまるで無視、ただただ日本におけるキリスト教宣教師の保護と宣教の自由、それに倭寇《わこう》退治とルソン在住の日本人暴漢の引き取り、という身勝手な要望ばかり申し送ってくる総督すらいた。

しかし、昨年ルソンに着任した新総督はこれまでの煮え切らぬ人物とは少々毛色の変わった人物らしかった。

まず着任早々の六月、その年の春首都マニラで暴動を起こし当局に拘束されていた在住日本人二百人を日本に送還してきた。それ以前の歴代総督は、日本人が騒動を起こすたびに「なんとかしてくれ」と懇願してくるばかりだったのに、だ。

これは、と思い、この総督の経歴を調べさせると、スペイン貴族とはいえ、メキシコ生まれの軍人、しかもスペイン本国王室付き海軍に勤務、西洋では名高いイギリスとの海戦に参加した経歴があるという。

それを聞いて日頃沈着なアダムスが珍しく興奮した。

「これは奇遇です。実は拙者もその戦いに参戦していたのです。もちろん互いに敵味方同士、しかも拙者は後方の兵站《へいたん》船勤務、じかに相まみえることはありませんでしたが」

奇遇はそればかりではなかった。

この男、その海戦後、生国メキシコへ帰ると、次の任務がなんと「タスコ」という有名な銀鉱山町の奉行だった、というではないか。

海軍の軍人にして銀鉱山奉行。

帆船操船術を熟知し、銀精錬技術にも通暁しているに相違ない人物。

それに、なんと年齢も按針と同年齢らしい。

こんな男を取り込まずして、他にどんな男が、どんな手段があるというのか?

家康は勇躍、腹心でルソン貿易に長けた西九郎兵衛を使節に命じ、頻繁に書を交わした。

相手も「ダイフサマ」と呼びかけるなど親し気な挨拶を送ってきた。

ただ、家康が最も欲した帆船操船術伝授と銀精錬技術職工派遣の二点については、はかばかしい返答は得られなかった。

政治家として簡単に国是に反する仕置きはできかねる、というのじゃろう。儂とてわからぬわけではない。

ただ、彼からの直近の書状はなにやら含蓄ありげな文章だった。その上、十九人もの日本人船大工の送還までしてきた。コヤツ、何を企んでおるのか。

思いめぐらせば、この書状といい、今回のオランダ人来航といい、今春島津家久が征討に赴き捕虜としてはるばる連れて来た琉球の中山《ちゅうざん》王の尚寧《しょうねい》といい、これまで日本国内の統一に砕心してきた家康の眼前に、もっと広い世界が突然開けてきたような気がした。

二十年前、太閤秀吉が、徳川家父祖の地三河から関東一円への移封を命じ、その命に逆らえず渋々移った江戸。

その地が思いがけず幕府開幕、日本統一の未来を展望させてくれた、それに似た、前途に洋々たる視界が開けたような、一陣の清々しい風を感じた。

「これまで交易のあった明、高麗、台湾、安南、交趾《コウチ》、カンボジアに加え、オランダ、エスパニア、ポルトガル、メキシコ、ルソン、それに琉球、とこれらの国々相手に我が国が、徳川が、これからいかに交わって参るか?」

家康にとり、これから豊臣側と最後の一戦を交える戦略もさりながら、むしろそれ以後の幕府の国内外の政策の方針を模索する方が、胸の高鳴る、反面底知れぬ脅威に対峙すべき、未来課題だった。

「ルソン総督にも日本渡海の朱印状を出し、西九郎兵衛に持たせよ。彼の地の総督の言が真のものか、偽りか、それにてもわかるであろう」

〔四〕 マドレ・デ・デウス号長崎着

七月十九日やはり早朝、駿府城には別の外国人一行が登城していた。

オランダ船の平戸着岸より一日早くマカオから長崎に入港したポルトガル船「マドレ・デ・デウス号」の船長アンドレ・ペソアの派遣した使節マテオ・レイタン一行である。

この船の今回の来日には曰くがあった。

二年前家康はチャンパ（インドシナ半島南東部）に珍楠香《ちんなんこう》という珍しい香があり、それが強壮、滋養に特効ありと聞くと、是が非でも入手したくなった。

これからの天下統一のためには、なんとしても自分は長生きしなければならぬ。

日頃の鷹狩、寒暑を問わぬ水練、騎馬での遠乗り、弓・鉄砲の射撃などの身体鍛錬に加え、粗衣粗食、薬草研究と創薬等々「これぞ長寿の源」と言われることはすべて実践している。南蛮人の献上したタバコという薬草も試した。

三年前召し抱えた朱子学者、林信勝（羅山）が長崎で入手し献上した「本草綱目《ほんぞうこうもく》」にもこの珍楠香に関しての記述があり、それを読むとますます欲しくなった。

早速長崎奉行長谷川藤廣にこの香の入手を申し付けたのだが、あいにくその年には、いずれの交易船も船載してこなかったという。

それを聞いた肥前国日野江藩主有馬晴信が、少量ではござるが、と手元の品を献上してきたので試しに用いたところ、たしかに若返った気がする。そのせいではあるまいが、二年前には側室お梶との間に五女市姫まで誕生した。

さらに晴信が、

「こたびチャンパへ我が交易船を遣わしたく、ご朱印を賜りたい」

と願い出てきたので、ではその際、珍楠香を入手せよ、と銀六十貫、鎧、金屏風など異国人の喜びそうな品々を遣わした。晴信はそのため特に二人の家臣を大御所様御用役として任命した。

ところがこの船、悪天候続きのため、マカオで長期の足止めをくらってしまった。

長い待機生活に倦《う》み焦《じ》れた男達の気散じ先は酒、女、賭博。しかも、同港には風待ち船が他にも幾艘も停泊していた。乗組員はみな荒波に命をかける気性の激しい連中だ。やれすれ違いざま刀が触れ合ったナ、やれ自分の馴染みの女の袖を引いたナ、やれイカサマ博打《ばくち》で稼ぎを巻き上げたナ…

狭い船室と悪天候の屈託を晴らすには何の口実でもよかった。

お定まりの他船乗組員や原住民との乱闘。

有馬船の連中も血気と酒の勢いで抜刀し、路上のマカオ住民をも巻き込んで数人を殺害した。その仕返しに七十人ほどのあぶれ者が船に押しかけ、船内に逃げ込んだり、居残っていた乗組員に乱暴狼藉略奪の限りを尽くした。

聞きつけたマカオ支配のポルトガル当局が鎮圧に乗り出し、大勢の日本人船員が拘留され、殺害された。

外国の港や外国人居留地での現地人や船乗り同士の紛争はその地の法に任せ、「本国政府の関与するところにあらず」がその頃の国際常識だったので、今回のマカオ当局の措置に外国政府が干渉する権利はないはずだった。

だが今回は、その現地法に任せるわけにはいかなくなった。

晴信の派遣した例の特命家臣二人が巻き込まれ殺害されていたことが判明したからだ。

「これは由々しきことじゃ」

マカオ総督アンドレ・ペソアは頭を抱えた。

日本の為政者の怒りを買うことがどのような報復を被るか。十年前の太閤秀吉のサン・フェリペ号事件が昨日のことのように頭をよぎる。

あの時、四国の浦戸に漂着した同船の船長がうっかりスペインの海外征服政策を太閤に吹聴したばかりに、激怒した太閤が、その征服政策の先兵とみなしたカトリックの宣教師と信徒二十六名を長崎で磔刑に処した事件だ。

聞けば、今回のマカオ側の処置は家康の耳にまで達し、烈火のごとく怒った家康は、次回ポルトガル船来航の暁にはそのカピタン（船長）の誅罰《ちゅうばつ》を命じたと言う。

「とりあえず今年の交易船は見合わせよう」

とペソアは思案した。それ以前にも一年間マカオから日本へは交易船を送っていなかったが、このまま日本との交易を長期間中止するわけにはいかない。

明が倭寇を恐れて鎖国政策を取り続ける限り、マカオを中継点とする日本＝東南アジア諸国との交易は、欠くべからざるものとなっていたのだ。

翌年、ペソアは自ら日本貿易船の司令官として長崎に赴くことを決断した。

「謝罪が必要なら謝罪し、調書が必要ならそれを提出に儂自ら駿府にも赴こう」

かくて、大型帆船ノサ・セニョーラ・ダ・グラサ号（今回改名してマドレ・デ・デウス号）に大量の日本向け貨物と共に、家康、秀忠、有馬晴信、長崎奉行長谷川藤廣に宛て贅沢な贈り物も積み込んだ。

この船が長崎に着岸したのが奇しくも二隻のオランダ船の平戸着岸のわずか一日前だったため、一説にはこのマカオ＝日本交易船の高価な積荷と最新式武器を狙って常にオランダ、イギリス、スペインなどがその動静を見張っており、今回もいち早く情報をつかんだオランダ船が日本まで尾行したのだ、とも言われる。

長崎着岸後、ペソアは直ちに駿府行きの準備にとりかかった。が、

「大御所様のお怒りは激しく、今閣下ご自身が駿府に赴くのは危険です」

と長崎のイエズス会が猛反対した。

また長崎奉行の長谷川藤廣も強硬に反対した。

長谷川藤廣は妹、お夏の方が十年前家康の側室になった時点から家康に目を掛けられるようになった。

三年前の慶長十一年、家康から長崎貿易を任されると、南蛮からの生糸を安く一括で買上げる糸割符《いとわっぷ》制を大上段に振りかざして商品を安価で差し押さえ、それまで特権的に商品売買を許されていたポルトガル商人を排除、京都や堺、江戸、長崎の特定商人に高値で販売した。

それればかりではなく、その特権を利して多額の利鞘《りざや》を懐におさめた。また従来の慣行を破って突然取引方法を変更したり、購入品の種類を一方的に限定したりした。

南蛮人との交易で旨味があるとわかると、本心を隠してキリシタンとなり、キリシタン大名の有馬晴信や大友宗麟とも交誼を重ねた。

ポルトガル商人とも初めのうちは持ちつ持たれつの関係を築いていた。

しかししだいに彼がポルトガル商人たちを圧迫し始めると、貿易を阻害されたポルトガル商人の反感は募った。本国からの資金援助をほとんど期待できないマカオのポルトガル市民の生計基盤は、ひとえにポルトガル商人の交易する商品への投資に依拠していたのだ。

彼らはイエズス会や長谷川のペソアによる駿府行き阻止とは逆に、

「閣下、この際、大御所様に奉行の悪徳非業振りを訴えて頂きたい」

「オランダ人の交易参入も阻止して頂きたい」

とペソア自身の駿府行きを口々に訴えた。

その動きを察知した長谷川は、なんとしてもペソアの駿府行きを阻止せねばならぬ、と思った。

彼にとって莫大な利益を生むポルトガルとの交易を、「ペソア憎し」の幕府が中止でもしたら大損だ。自分の内密の横領手口を訴えられてはなお困る。

極力ペソアに彼自身の駿府行きの不利を説いた。

いかにすべきか、ペソアは頭を抱えた。

そして一計を案じた。

これは自分自身でなく、同船の書記官マテオ・レイタンを派遣、家康にひたすら謝罪させるのだ。レイタンは交易担当書記官で、今回初来日だ。マカオの事件も、自分は知らぬ存ぜぬで通させるのだ。

長谷川もレイタン派遣を援護した。

レイタンはまだ平戸・長崎交易には不慣れで、自分が幕府とポルトガル商人、日本人商人の間に立ってうまい汁を吸っているなどという事実を家康の面前で暴露しはしないだろう。

そんなこんなでペソアと長谷川、それにポルトガル商人の思惑の全権を託されたレイタンが駿府に派遣されたのは入港してから半月も経ってからだった。

駿府に到着したレイタンは、自分らより数日早くオランダ人が家康の信任篤いイギリス人ウィリアム・アダムスに随行されて、すでに謁見を終えたという報に接した。

しかも彼らの謁見の首尾は上々で、なんと平戸に商館設置の許可やオランダ国王への正式返書、また「オランダ船来航時は、いずれの港への来着も異議なし、向後もこの旨を守り往来すべし」との朱印状まで発せられた、というのだ。

「許せぬ！」

とレイタンは怒ったが、どうすることもできない。

せめて家康との面会の機会だけは利用せねば、と家康との謁見に臨んだのだ。

その駿府側の態度は、危惧していたとはいえ、やはり厳しいものだった。

まず謁見前に本多正純に一喝された。

「マカオのこと、当方があずかり知らぬ、と思っておるのではないか。大御所様の御使者をそちらは何と心得る。彼ら両人を当方の許可もなく処罰するとは、すなわち大御所様に盾突くことと同義、と心得よ」

大御所様に拝謁など、滅相もない、と言う。

レイタンは必死で食い下がった。せめて、せめて、向後の両国の交易を続けられますよう、お許しを。

フム、と正純は腕を組んだ。

珍楠香をはじめとする東南アジアの珍奇な物産、南蛮の武器や武具の購入、銀の精錬法伝授へのポルトガル、スペイン貿易に対する家康の願望を考えたのだ。そのためにも今回の全面的貿易断交はまずい。

「では、まず上様に謝罪じゃ」

謝罪を受けながら家康は思案した。

先日のオランダ人と今日のマカオからのポルトガル人。両国は東南アジア海域で血みどろの争いをしているという。先日のサントフォールトの説明によれば、西洋地域での支配・被支配、もしくは独立という勢力争いの上に新たに生まれた産業・貿易争い、さらには宗教上の争いまでからんでいるらしい。

問題は、それが我が国にとりどのような影響があるのか、ということだ。

今回、オランダ使節には細かい貿易規模、商館の場所や員数、来日するオランダ商人の数、滞在期間などは決定しなかった。まずは彼らの提出する見積りを検討した上で最終許可を出すつもりだ。

もし我が国が、これまでのスペイン、ポルトガル二国だけとの交易と、オランダが加わった三国と同等な貿易をした場合、どのような点で利があるのか?

同じ宗教を信じ、時に同じ王を戴いて同盟することも多いスペイン、ポルトガルとの間でさえ熾烈な争いを繰り広げることもあるという。

ましてその二国と宗教という点でも、領土という点でも、さらには海上の覇権まで争うオランダの我が国への貿易参入。

互いに利害を異にする三国を相手にうまく交易すれば、日本の利は大きくなる。

が、下手をすれば双方から苦情や脅迫を受け、万一の場合攻撃される事態すらある。

あるいは我が国の領土内、もしくは海域上で三国が戦い、そのとばっちりを我が民が被るかもしれぬ。

「これはよくよく考えねばならぬの」

家康は平身低頭するレイタンを上段の間から見下ろしながら、おもむろに口を開いた。

「とりあえずマカオからの謝罪は受け入れよう。これからの交易も従来通り認める。それに…」

と恩着せがましく言い添える。

「汝らの願うように、日本からのマカオ交易船派遣も当分は差し止めよう」

マカオの商人達が、以前から大挙してやってくる日本の商人達や商船の派遣を抑制するよう訴えてきたのに対しての家康の公式発言だった。

レイタンはひとまずホッと胸をなで下ろした。これで使いの用は果たせたと、体温を取り戻した感じだった。

ところが家康はそのレイタンに冷や水を浴びせた。

「ただしじゃ、向後我が国はオランダ船との交易も行うこととする。そちらポルトガル商人が我が国にもたらす商品の値は高すぎる。しかもそれらは明産の生糸など東南アジアの商品が多く、なにもそちらから無理に高値で入手せずとも、ルソンから、これからはオランダからも買い付けることができるからの」

異国の商人同士競争させればよい。それに日本では、茶屋四郎次郎を頭に長崎、堺、京都で、将軍家の先買許可証を持った糸割符商人が一括して買うことになっている。

彼らから利益をたっぷり上納させた上で一般商人に安く下げ渡す。

その糸割符商人の買い付け前に、さらに長谷川藤廣がうまい汁を吸っておるのは承知じゃが、その額が少ないうちは、かわいいお夏に免じて許して遣わそう。

「それと、そちの船の司令官、ペソアと申したかの、なかなかの船戦《ふないくさ》上手と聞く。帰船したら、この家康が一度相まみえたい、駿府に来るように、と伝えてくりゃれ」

下がってよい、と家康はレイタンに顎をしゃくって言った。

第二章　慶長十四年（二）　スペイン船漂着

［一］　朝鮮・明との国交修復

慶長十四年七月（一六〇九年八月）末、暑く不順な天候続きだったここ駿府にもようやく涼風が立ち始めた。

「まさずみ、まさずみ」

家康は本多正純に金地院崇伝《こんちいんすうでん》を呼ばせた。

崇伝は臨済宗の僧で昨年家康に招かれ幕政に参画した。同じ臨済宗の閑室元佶《かんしつげんきつ》と共に主に外交事務を担当。明、朝鮮、シャム（タイ）、安南（ベトナム）など東南アジア諸国との交易、西欧諸国との接触の際の外交文書の起草や朱印状の事務取扱を一手に引き受けるようになった。この時四十歳。

崇伝には、七月十五日初目通りしたオランダ使節にオランダ国王への国書を書かせねばならない。

国書に添えて同国船は日本のどこの港でも着岸可、商館建設可など、正式な交易許可の朱印状も与えてやろう。

またオランダ使節より数日遅れでやって来たマカオからのポルトガル使節、マテオ・レイタンには、約束通り当分は日本船のかの国への渡航禁止状を書かせるつもりだ。

平身低頭して謝罪してきた褒美ぐらいはやらねばならぬ。

いくらオランダがこれからの交易に有利になろうと予想できたからといって、一方的に日本との交易をポルトガルやスペインからオランダに乗り換えるにはまだまだ様子見が必要じゃ。

そうじゃ、せっかく崇伝を呼びつけるのだ。ついでに堺の商人ら宛にシャムや安南渡海用の朱印状も書かせねばならぬ。

それに、と家康は崇伝を待ちながら、改めて天の配剤の妙を感じずにはいられなかった。

もしレイタンがオランダ使節より先に駿府に到着していたら、そしてレイタンなどの小者でなく、マカオ総督にして今回長崎に着岸したマドレ・デ・デウス号船長のペソア自身が駿府に来ていたら、

「儂は相変わらずヨーロッパからわざわざ我が国に来る人間はエスパニア人かポルトガル人しかおらず、その二国に銀精錬法を教えようとか、西洋帆船の扱い方を伝授せようとか、辞を低うして乞うていたであろう」

実にきわどい瀬戸際であった。オランダ人使節の話では、世界の海、特に東南アジアの海はもはやエスパニア、ポルトガル両国よりオランダやエゲレスの方がその勢いを増しているという。

これからはこれら四カ国とはさらに別の国々が勃興してくるやもしれぬ。早まって一カ国、一地域とのみ交易することは避けねばならぬ。

何をいたしておる、崇伝は、と思いながらも家康は焦らなかった。じっくりと考えねばならない事項が山積していた。

それら新たに来航してきたヨーロッパの国々との交易交渉以前に、古くから交流があったにもかかわらず、断絶状態にある国々との交流復旧も目下の急務だ。

まず対朝鮮、対明政策である。故豊臣秀吉の朝鮮出兵失敗による李氏朝鮮との国交回復。それに、その支援のために半島に出兵してきた明。ただ明は相変わらず国を閉ざしているゆえ、目下は対朝鮮を考えればよい。

それに対して対琉球は急務じゃな。琉球が明の冊封国《さくほう》となっておる点からも対琉球は対明政策でもある。

「これは二手に分けて考えることじゃ」

関ヶ原戦終了後ただちに家康は、当時側近だった知恵袋と言われる本多正信に諮った。現側近の正純の父だ。

「さよう、琉球は島津に、対馬は宗義智《そうよしとし》に計らせるがよろしいでしょう」

正信は言下に言った。

「しかし宗義智もなかなかの痴《し》れ者《もの》。油断ならぬ」

「痴れ者ゆえ、最後は大御所様の御思惑通りに運びましょう。なにせ対馬藩に取りましては朝鮮貿易は死活問題でござりまする。たとえ大御所様のお指図がなくとも、隠密裏にでもやりたいはず」

対馬藩は地理上、文化上からも大陸に近く、また耕地にも恵まれない環境から、古来日本と大陸との交易に国の存続を依拠せざるを得なかった。しかし太閤秀吉の朝鮮出兵時、その命に背くわけにはいかず、小西行長の配下として戦闘と外交両面で先頭に立って指揮をした。

その後関ヶ原の戦いでは豊臣方に与したが、その地理上の位置と外交能力により、家康は領土を安堵。また朝鮮に駐留していた明軍が同年撤退すると、家康の指示により領主宗義智、重臣の柳川調信《しげのぶ》・智永《としなが》父子らが和平交渉に動き出した。

朝鮮側も当初は懐疑的だったが、しだいに態度を軟化。家康が直接的には太閤の出兵軍に不参加だったことからも四年後の一六〇四年、対馬に使者を派遣してきた。頃やよし、と宗義智は使者を説得して京都へ上洛させ、折から上洛していた家康・秀忠父子に伏見城で謁見させた。

これにより両国の関係は修復されたが、この機にと、家康は朝鮮から毎年通信使を派遣するよう要求した。

が、これには「まず戦犯である日本側の謝罪が不可欠」として、朝鮮側が異を唱えた。

謝罪の書を送るということは、相手国に恭順するという意味で、これはとうてい家康の納得することではない。

弱ったのぅ、と宗義智は柳川父子に言った。

「かくなる上は奥の手を使う以外ございませぬ」

と柳川調信は声を潜めて言った。

「もそっと近う、お耳を拝借」

柳川の策は思いもよらなかった。

家康の書を偽造しようというのだ。やむを得ぬ、と義智は了承した。

その偽書には家康名義で「日本国王印」が押され、国書とされた。

この印は慶長元（一五九六）年停戦交渉のため来日した明の使者が秀吉に贈ったものだが、秀吉は日本国王という称号が明への従属を意味するとして受け取りを拒否した。その曰く付きの「印」がいつの間にか宗氏の手に渡っていたのだ。

幸いこの偽書は怪しまれつつも人民の厭戦気分を察した李朝側に受け入れられ、慶長十二（一六〇七）年、返礼として四百六十名余りの使節団「回答兼刷還使《かいとうけんさつかんし》」が来日、将軍秀忠、家康に謁見することになった。

ここで対馬藩は再び国書偽造を行う。朝鮮側からの本物の国書は「臣従してきた日本国王家康からの国書の返事」だったからだ。それを直接家康に手交されてはカラクリが露見してしまう。手交する前に偽の国書を作成し、それを本物とすり替えなければならない。

その手品が成功したのは使節の秀忠謁見当日、しかも江戸城への登城途中であったという。

そのような危うい橋を渡りながらも宗義智の策は功を奏し、二年後の慶長十四（一六〇九）年、全十二条に及ぶ己酉約条《きゆうやくじょう》が宗氏と李王朝の間で結ばれた。以後文化八（一八一一）年第十一代家斉までの徳川政権中、計十二回に及ぶ朝鮮通信使が対馬経由で江戸の将軍に伺候するようになった。

「やれやれ、朝鮮とは一件落着よな」

と家康は正信に言った。

「チト怪しいところもござったようで…」

「なに、国同士が仲良くなれば、細かいことはあげつらうまい。捨て置け」

それより次は琉球じゃな、と家康は腕を組んだ。

薩摩の島津藩は関ヶ原戦後、家康に服従、九州の覇者としての地位を失った。

また幕府その他の大名・商人による朱印船が東南アジアに進出するようになると、それまでこの地域の交易を独占していた同藩は経済的にもひっ迫するようになった。

危機感を抱いた同藩は、奄美大島および琉球との貿易利権の独占を狙い、琉球王国に対して自藩の渡航朱印状を帯びない船舶の取締りを要求、応じなければ侵攻もありうる、と脅迫した。

琉球は十五世紀半ば以降本島中央に位置する中山《ちゅうざん》の尚家が全体を支配していたが、王尚寧がこの薩摩の要求を拒否するなど、それまでの善隣友好関係が崩れて敵対関係へと傾斜していった。

また家康もこの気運に乗じ、日本との交易を続けながらも明との冊封関係を断絶しない琉球政府を懲罰、日本のみとの交易に踏み切らせようとした。

琉球政府は、薩摩のこの侵攻気配に対し明に救援を求めた。しかし明は一切救援を送らない。それどころか、琉球の要請全てを黙殺した。

当時の明は、豊臣秀吉の朝鮮出兵による朝鮮半島での戦闘に多大な出費と負担を強いられ、国力が大幅に疲弊、琉球支援の渡海遠征を行える状態ではなかったのだ。

進攻発端は慶長七（一六〇二）年、仙台藩領内に琉球船が漂着したことから始まった。

家康は翌年乗組員を琉球に送還させ、これを機に薩摩を介し琉球からの謝恩使の派遣を繰り返し要求した。

が、中山王尚寧は頑としてこれに応じなかった。

慶長十三（一六〇八）年九月薩摩藩主島津貴久の四男家久は、家康と秀忠が琉球に出陣する、として尚寧に対し家康への臣従の使者の派遣を促した。

それでも琉球側は応じようとしない。

しびれを切らした家康は、ついに琉球征討の令を薩摩に下すこととなった。

薩摩軍は総勢三千人、船八十艘で、まず奄美大島、次いで徳之島を恭順させ、琉球本島に入った。

本島各地でも大規模な戦闘はなく、翌年四月一日、薩摩船は那覇港に入り、和睦協定が成立した。十六日、尚寧が薩摩軍と対面。五月十五日、遂に尚寧は人質として鹿児島へ、次いで京都、江戸へ送還となった。

以後、尚氏代々の王は琉球国王の代替りごとに謝恩使を、徳川将軍の代替りごとに慶賀使を江戸へ派遣する義務を負い、また後年、琉球王国と清《しん》との朝貢貿易の実権を薩摩藩が握るようになった。

「間もなく島津家久がその中山王尚寧を連れて江戸、駿府に参上の手はずでござる」

正信は報告した。

朝鮮や琉球との国交修復政策がまだ完遂途上の間に、次の脅威が目前に迫っていた。

日本のすぐ近海まで押し寄せて来たヨーロッパ諸国の動静だ。

この動きを考慮に入れなければ、これからの日本の針路は決められない。しかもこの二つの動きは互いに連動し、日明、日朝関係ばかりでなく、ヨーロッパ＝明、ヨーロッパ＝朝鮮、ヨーロッパ＝東南アジア、そしてヨーロッパ＝日本、と全てつながっているのだ。

その上、これらは日本の国内政治にも無関係ではない。

「国内のことは秀忠にやらせるとして…」

四年前、息子の秀忠に将軍職を譲ったが、若い彼だけでは心もとない。

関ヶ原戦で一応勝利したとはいえ、故秀吉の遺児の秀頼は無傷の大坂城に居座っているし、京の禁中も内部は腐りきっている。公家共の風紀は乱れに乱れ、当今《とうぎん》（後陽成天皇）ご寵愛の広橋《ひろはしの》局《つぼね》まで不義密通をほしいままにしている。坊主共は宗派を問わず、朝廷や公家に賄賂を贈って高位・高徳の証としての紫衣《しえ》を欲しがる。

権威が薄れた帝は京都所司代の板倉勝重を通して何事につけ幕府に泣きつくばかりだ。その癖幕府の推すご自分の第三皇子政仁《ことひと》親王には皇位を継がせず、弟宮の八条宮智仁《としひと》親王を指名しておられる。

二代将軍とはなったが、かような事態に秀忠一人ではまだ対処しきれまい。いずれ儂自身が大坂方を叩きのめすと共に一挙に禁裏・禁中を幕府の統制下に収めねばならぬじゃろう。が、目下はまだ時期尚早だ。

そう考えた家康は秀忠が自力で国内の諸問題に対処できるまで、これまで自分の懐刀だった本多正信を秀忠に付けた。

世故《せこ》に長けた正信なら秀忠に徳川家の政の要諦を伝え、今後の徳川の社稷を次世代、次々世代に伝えてくれるだろう。

代わりに正信の息、正純を自分の手元で訓育する。

家康流の治政方針をこの若い正純に叩き込み、将来の秀忠の、その次の将軍の補佐役とする。正純の跡継ぎにも彼を通じて未来永劫将軍家の補佐役とさせるのだ。これも子々孫々徳川の世を支えてもらうためだ。

そしてその正信の後見で秀忠が国内政治の基礎を盤石のものとする間に、儂は交易・国防両面の対外政治の基礎固めに専心しよう。

とはいえ、この儂もそろそろ古稀じゃ。いつまでも異国との関係を儂一人の采配で塩梅するわけにもいかぬ。

そうじゃ、これからはいかなる事態が起ころうとも、その時の政権担当者の恣意で事を処するのではなく、誰がなってもそれに則って裁可できるような盤石の制度を作り上げ、それを未来永劫守らせなければ、徳川の世は続くまい。

その礎を築いておくことこそ、この儂の最後の大仕事となろう。そのためにも儂は長生きせねばならぬ。

家康は健康維持のため、毎日欠かさず服用している数種の薬草や果実を次々と薬研《やげん》で自ら挽きながら、長生き、長生き、と唱えた。

〔二〕　スペイン船漂着

「申し上げます」

本多正純が慌ただしく入室、平伏した。正信を秀忠付きとした後、予定通りその息子の正純を家康付き側近としたが、今のところ、儂の目に狂いはない。正純も父親の正信同様なかなか目端《めはし》がきくし、自分事より徳川を命としておる。

「前《さき》のマニラ総督と共にルソンを出港した随行船が臼杵に漂着した、との報が臼杵領主稲葉典通殿より届いております」

臼杵湾は、台風時の風向によっては黒潮に乗って南方からやって来る交易船や海賊船が頻繁に漂着する場所の一つとなっている。

関ヶ原戦の半年前の慶長五年春、オランダ船リーフデ号もここに漂着、航海長だったイギリス人ウィリアム・アダムス（三浦按針）はここで捕虜となり、伏見で家康に見い出された。

「まことか？ あのドン・ロドリゴの随行船が臼杵に漂着とな？ 本人は乗船しておるのか？」

前のマニラ総督ドン・ロドリゴは、今年の春先マニラから奇妙な書を送ってきた。

家康の記憶によればたしか、「我が総督の任もそろそろ明けますれば、従来お申し越しの西洋式帆船操縦術伝授および銀精錬工派遣、また当方からのカトリックの自由な布教活動要請につき、直接大御所様と膝を交えてお話し仕りたきものと愚考いたしおり…」とあった。

「まだ、しかとは存じませぬが、さような貴人は乗船しておらぬらしゅうございます」

「今一度典通に確かめさせよ。それとその船長にドン・ロドリゴの乗船したはずの主艦の行方をも確認させよ」

慌ただしく正純が下がると、家康は脇息《きょうそく》に寄りかかり思考をめぐらした。

前のマニラ総督、あやつ本気で我が国に来よったのか？

それにしては漂着したのが本人の乗船した船ではないという。

自分の代わりに家臣を寄越したのか？　先月のポルトガル船船長が自分の代わりに秘書を寄越した例もある。

あるいは自分も来るつもりだったが、今年の不順極まる天候じゃ。随行船と共に出港しても自船はどこぞの海域で漂着、難破しておるやも知れぬ。運が悪ければ海の藻屑となっておってもおかしゅうない。

その年、慶長十四（一六〇九）年は例年になく諸国に暴風、豪雨が荒れ狂った。七月だけでも京・畿内に大風。美濃・尾張・三河なども暴風で刈り入れ前の稲田は大損害を被った。大水被害も尋常でなく、遠江地方は水かさが去年より三尺も多かったという。正月から数えても降雨日は百二十。

国内でさえこれほどの悪天候、海上でこのような荒天が続いたら、いかに頑丈な西洋船でも安穏な航海をすることは難しかろう。たとえ本気で日本に来る気があったとしても、無事に来られるとは限らない。

ま、推測より次報を待つことじゃな。

待つほどもなく稲葉典通より詳報が届いた。

それによると、漂着船名はサンタ・アナ号。乗組員七十名程の小型船で、船長はセバスティアン・アギラールという。この七月（我が国の暦では六月末でござる、と正純は補足した）マニラを艦隊で出港。出航後、間もなく次々に台風に遭遇。三隻の艦隊がチリヂリになった。主艦サン・フランシスコ号には前マニラ総督も乗船とのことだが、もう一艘の随行船サン・アントニオ号共々行方不明と。

「サンタ・アナ号の船体自体もかなり損傷している由ですが、船長の申すには、臼杵で修理してもらえれば、目的地のメキシコまでは無理でも、マニラまでは戻れましょう、とのことにございます」

お目通りのため船長には駿府まで同道させましょうや、と稲葉殿は申し越しておりますが、と正純は言った。

「来させずともよい。前マニラ総督がおるなら別じゃが」

と家康は言った。

「船の修理、乗組員の処遇、積荷の処分などは稲葉にまかす。もし不審の沙汰あらば知らせよ、と申せ」

九月も中旬、台風の吹き荒れた数日後の好天の朝方だった。

「ただ今、上総《かずさ》国大多喜《おおたき》の本多忠朝殿よりの書面が早馬にて届き、彼の国の御宿《おんじゅく》浜にマニラよりのエスパニア船が流れ着いた、とのことで」

正純の慌ただしい取り次ぎだった。家康自らその書状を広げる。

「去る九月三日未明我が領内岩和田浜沖にマニラからのエスパニア船一艘難破着岸。船名サン・フランシスコ号。乗組員三百七十余名中三百十七名を救助。目下は全員隣村の御宿村に収容。以後の大御所様のお指図を待ち申し候」

「これだけか? 使者を呼べ!」

正純は控えの間に平伏している大多喜城主本多忠朝からの早馬の使者に、苦しゅうない、大御所様に直接言上せよ、と命じた。

「もそっと近う寄れ。今マニラからの船と申したの? それはいつも浦賀に交易に参るエスパニア船とは違う船か?」

使者は二の間の敷居の外に手をついて、家康直々の質問に汗を浮かべて言上した。

「マニラからの交易船かどうか、手前にはわかりかねまする。我が地域では滅多に見ない南蛮船でござりますれば。ただ数年前、やはり漂着した南蛮船とよう似た大きさ、造りだと付近の漁師が申しておるそうにござります」

「乗組員はみな収容したのじゃな? その中に貴人はおらぬか?」

使者は、ごめん、と断り、懐から取り出した懐紙を開いた。

「甲比丹《カピタン》の名は、フワン・セビーコス、世連郎《ゼネラル》(司令官)は、フワン・エスケッラ… ハテ、同じ名前でござるが… 同一人物かどうか…」

「さようなことはどうでもよい。その他の乗船者にドン・ロドリゴ、という名の者はおらぬか?

マニラの前総督じゃ」

家康はせき込んで言った。使者は懐紙に目を走らせ、

「あっ、ございました。マニラの前総督ドン・ロチリコ…」

「それじゃ、ドン・ロドリゴじゃ。…ウ～ム…あやつ、とうとう来おったか…」

家康は腕を組み、天を仰いだ。三カ月ほど前、マニラ総督から届いた不可解な書簡の文章が思い浮かんだ。

たしか、儂の洋式船操縦術伝授と銀精錬工派遣要請につき、またあやつの日本でのキリスト教布教要請のため、あやつ自身が日本に来るようなことを匂わせておったが…

この書簡を読んだ時は、ハテ、面妖《めんよう》な、この男何を企んでおるのか、と真意を測りかね、外交担当の金地院崇伝から通辞に確かめさせたが、さようにしか読み取れませぬ、との返事だった。

しかし、今年の天候不順、打ち続く台風で、心ならずも我が国に漂着したのか、その天候不順を予測して漂着を装い、着岸したのか、やはり真意は読み取れぬ。まずは確かめねばならない。

「按針を呼べ」

しかし、あいにく、

「按針殿はただ今オランダ使節と共に平戸へ向かっておりまする」

そうだった。按針は、八月のオランダ人初謁見の使節と共にオランダ交易館設立のため平戸へ出向いているのだ。

「チッ、こんな時に」

と家康は舌打ちした。すぐ呼び返せと命じると、今度は本多忠朝からの使者に向き直った。

「して、ドン・ロドリゴは今どこにおる？　大多喜城か、御宿とやらの村か？」

「御宿村の大宮寺本堂にカピタンやゼネラルと共に押し込め、厳重に見張っておりまする。我が殿忠朝様が早速かの地に向かわれ、ドン・ロドリゴにお会いなされました。その時、我が殿はドン・ロドリゴに江戸の秀忠様と駿府の大御所様へのご使者を立てられますようご助言をなされ、その使者たちがおっつけ江戸やこちらにも到着、と存じまする」

拙者は一刻も早く秀忠様や大御所様にご報告を、と申し付かりまして…

忠朝も思わぬ南蛮人の遭難者を多数留置したが、さてその仕置きに迷っておるのじゃろう。

本多忠朝が一行の処遇に窮しているのは、一方では三百人の家臣を引き連れ、御宿でドン・ロドリゴに面会、衣服や食物を与えるかたわら、大宮寺の本堂に主だった連中を閉じ込め、見張りをつけて厳重に監視、また難破船から運び出した積荷を全て没収、村長の倉庫に封じた、という二面作戦をとっている、との使者の言からもわかる。

十年ほど前まだ故太閤存命時、マニラからのエスパニア船が四国の浦戸に漂着した。その際太閤は、積荷没収、乗船していたバテレンおよび日本人信者合わせて二十六人を長崎で磔刑に処してしまった。船長の、エスパニア王はキリシタンを通じて異国を征服するのだ、という言を信じたからだ。

太閤死後、あれは関ヶ原戦後じゃったか、再び上総国の海岸に漂着した同じようなエスパニア船は、この儂が乗組員の命を助け、積荷共々、按針の作った船でマニラまで送還してやった。じゃが、儂とて、ヤツラの奉じるキリシタンの神を我が国に野放図に受け入れることを危険視しておるのは、故太閤と同じじゃからの。

「さすれば使者達はまず江戸へ、次にここに来るのじゃな」

使者は二名。船長のフワン・セビーコスとドン・ロドリゴの家臣のアントン・ペケーニョという。

面白い。そやつらからまずドン・ロドリゴの我が国渡海の真意を聞き出す。それから本人に会う。その間に按針も平戸から戻って来よう。

大多喜は上総国の中央部、以前忠朝の父本多忠勝の所領だった。忠勝は徳川四天王に数えられる槍自慢の猛将で、関ヶ原の戦いの折は家康の幕閣として本陣詰めだったが、家康の許可も得ず勝手に出陣、九十もの首級を挙げて意気揚々戻って来た。その功で桑名十万石を与え、さらに加増しようとしたのを、

「拙者は大御所様のお許しも得ぬ抜け駆け者、加増など滅相もない」

と大仰に両手を顔の前で振って固辞。ただし次男の忠朝に旧領を、と願い出たので、大多喜城五万石を継がせたものだ。

忠朝は酒好きが玉にキズじゃが、素面《しらふ》の時は若い割に思慮深く、今回は硬軟二面作戦で儂の采

配を願ってきた。ヤツの城主としての采配振りもなかなかというが、まずは按針に前マニラ総督の様子を探らせねばならぬ。

その按針が駿府に戻ってきたのは九月二十日過ぎだった。首尾よくオランダ使節を平戸まで送り、今後の日蘭通商のための商館建設の土台を築いてきたという。

「平戸城主松浦隆信公のご尽力によって万事うまく計らいました。港に面した民家を借り上げたのですが、広い土蔵が付いております。今後はここを東アジアにおける貿易拠点にしたい、と商館長のスペックスは大喜びでした」

東アジアにおける貿易拠点にしたい、とな。その言葉少々引っかかるが、ま、しばらく様子見じゃ。

家康は語調を変えた。

「マニラの前総督が上総の浜に漂着したそうじゃ。そやつからの使いの者共が先日江戸からここに回されてきた。平戸からの帰着直後でご苦労じゃが、まずやつらに会うて話を聞け。特に難破が故意かどうか、を確かめよ」

その上で、そち自ら彼の地に赴き、前総督の真意をそちの目で確かめるのじゃ。

「もし、彼が大御所様に直々に会いたいと申しましたら?」

と按針がいたずらっぽい笑みを浮かべて訊いた。

「会う!」

と家康は言下に答えた。面白い。

「もしきゃつが真に我が国を目指して来たとしたら、こんな面白いことはあるまい。これが偽装漂着でなく、まっこと漂着しただけでは却《かえ》って面白うない。どんな面構えで何を目論んで参ったのか。おそらくは儂の予《かね》てからの要望の銀精錬法伝授と西洋船操縦術伝授の件であろう」

アダムスは駿府城控えの間で待機していたマニラ前総督ドン・ロドリゴの派遣した二人の使者を引見した。

一人は難破船の船長フワン・セビーコス、もう一人はドン・ロドリゴの従者のアントン・ペケーニョ。

アントン・ペケーニョはやや褐色を帯びた肌色。ひょっとしたらメキシコ原住民の血が少し入っているのかもしれない。ドン・ロドリゴの幼少時から従者として仕えているといい、見るからに実直そうな男だった。口数少なく、アダムスの質問にも余分な言葉を発しなかった。むしろ同行してきた船長の言動を監視し、余計なことを言わせないようにしているように思われ、そのことが逆に何かを隠しているという印象だった。

船長のフワン・セビーコスは、がに股、全体に四角い感じの中肉中背の中年男で、しゃくれた顎がいかにも頑固そうだった。アダムスの片言のスペイン語も気に入らないようで、顎を突き出し、横柄な態度で、

「誰か正当なスペイン語を話せる人を寄越してくだされ。それも、メキシコからのフランシスコ会宣教師ではなく、生粋のイベリア半島語を話せるイエズス会宣教師を」

と要求した。折よく駿府城下に滞在していたイエズス会宣教師のポッロを呼ばせると、堰を切ったようにしゃべり始めた。彼の言い分はこうだった。

まず嵐により船が難破、漂着民であり、なんらの敵対行為をも犯していない自分らがユバンダ（岩和田）村民から不当に拘束されている。

彼らは自分ら、特に我ら上級船員や上級士官、上客、宣教師に対して敵愾心《てきがいしん》をむき出しにしている。狭い室内に監禁し、部屋の外には何人もの牢番が常に監視していて、時には刀や棍棒などで脅しさえする。

食事や寝具は粗末を通り越して、豚に与えるようなものしか与えられない。ベッドはなく、床の上に直に敷いたワラ布団に寝かせ、食事はわずかの米と木の根っこや海藻の煮物ばかり。それに魚がごく少量。まるで復活祭前の断食を強いられているような毎日だ。

しかも二百万ドゥカード（当時の邦貨では不明）にも上る積荷が正当な理由なく没収された。

いったい、いつまでこの状態が続くのか？

我々のこうした窮状は、マニラにもメキシコにも伝えられているのか？　いつマニラから救出の船が来るのか？

アダムスはまくしたてるセビーコスの息継ぎの合間を見て訊ねた。

「サン・フランシスコ号には真にマニラ前総督のドン・ロドリゴ・デ・ビベロ・イ・アベルーシア卿は乗船していたのか？ 彼は今どうしている？ マニラ出港時にはメキシコへ直行するつもりだったか、あるいはどこかへ寄港するつもりだったのか？」

その質問にアントン・ペケーニョの顔色が変わるのをアダムスは見逃さなかった。が、アントンが言葉をさしはさむ間も与えず、セビーコスが我が意を得たり、とまくしたて始めた。

「さよう、前総督は、口では申されませぬが、出港前からジパング寄港を目論んでいた節がありありと見え申した」

「さようなことはござりませぬ」

とアントンが割って入った。が、セビーコスはそれを遮って怒鳴った。

「黙れ、そうとしか思えぬ。だいたい出港前からこの前総督は怪しい動きをしておられた」

アダムスは素知らぬ顔で、「ほう、たとえば、どのような？」と水を向けた。

セビーコスは自分の不満をぶちまける格好の相手ができたとばかり、膝を乗り出した。

「まず、出港日からして、この前総督は遅らせた、それも故意に」

マニラからメキシコに向け出港するには五月から六月にかけての年に一度、一月間《ひとつきかん》だけ吹く南東からの季節風に乗らねばならない。それより遅くなれば同じ南東の風でも恐ろしい台風《ティフォン》に襲われ、ここジパングへの潮流に乗ってしまう。

「私は船長として、それを口を酸っぱくして申し上げた。が、彼は、わかっておると言いながら急ぐ素振りはなかった。むしろ、着任したばかりの新総督に向かって、メキシコやスペインのご一族に東洋の産物をお送りなさるのはこの機を逃すと一年待たねばなりませぬぞ。疾《と》く疾《と》くご用意なされよ。今ならまだ間に合いまする、などとけしかけて明産品《チナ》を調達させさえなされた。…かようにして出帆はどんどん遅れる、そのうちに船火災は生じるし、船員にマラリヤは伝染する…いや、これもひょっとすると彼の画策…」

「さようなことは断じてござりません。我が主《あるじ》、ドン・ロドリゴに限りては…」

アントンが再び遮った。が、セビーコスは言い募った。

「では、なにゆえジパング人を従者にした？　それもアントン、そちのような子飼いの従者ではなく、正しきスペイン語も喋れぬ、素性もわからぬ新参者ではないか」

アダムスは二人のスペイン人の言い争いを聞き、これは詮索する価値があると思った。

たしかにセビーコスの言う通り、マニラからメキシコへの直航船に日本人を乗船させているのは怪しい。日本漂着後、通辞として使うつもりかどうかは別としても。

が何食わぬ顔をして、ドン・ロドリゴの振る舞いを訊ねた。

「前総督は漂着以来、ダイフサマに会えばわかる、ダイフサマ、ダイフサマ、と口走るばかりでござる。しかも、そう、そう、出港前には『万一ジパングに漂着した場合に備える』と称して自身でジパング行き手形まで発行した。毎年往復するマニラ＝アカプルコ航路の船団にジパング漂着時の手形を発行するなど、これまで聞いたこともない！」

セビーコスはしだいに興奮してきたらしい。目を血走らせ、口角から泡を飛ばしている。

「いかなる物品が積載され、回収された量はどの位で?」

とアダムスは穏やかな顔で訊ねた。回収された物品を見れば、ドン・ロドリゴの意図もわかろう。

しかしセビーコスは、物品の内容より総金高の方が重要だと認識しているらしい。

「総額二百万ドゥカードもの高額商品ばかりです。私は船長としてこれらをマニラやメキシコの商人や船主から預かっているので、是非とも返却してもらわねばならぬ」

ワカリマシタ、とアダムスはスペイン語で言った。

「その件は私が責任を持って解決しよう。決してご心配なさるな」

それにしても、なんという男だ。船長として船荷全体の責任を持つ、という態度は見上げたものだが、彼の体全体から発散されるこの他人に嫌悪を催させるような臭気というか、悪意というか、これはいったい何なのだろう。


「どうやらドン・ロドリゴの魂胆が読めて来たように思われます」

とアダムスは家康に復命した。

「そちもさように思うたか。…しかし、また会わねばわからぬところもある。使者二人を伴い、御宿まで参って、そち自身きゃつに会うて参れ」

［三］　マニラ前総督引見

　半月後、アダムスが御宿の旅から帰って来た。

「やはり偽装漂着に相違ありませぬ。大御所様にお目通りの上、長年両国が抱える諸問題について話し合いたし、と申しておりまする」

「ドン・ロドリゴとはいかなる男であった？」

「なかなか肝の据わった男と見えました。これまでのカトリックの宣教師とは違い、軍人政治家という印象を強く受けました。この男なら偽装漂着してまでも日本に乗り込んでくるのも不思議ではない、と拙者は思いました」

「さようか。儂もそんな奴の面構えを自分の目で見てみたいものよの」

「大御所様のお指図通り、難破船から引き揚げた乗組員の衣類、手回り品などは本人に返却し、村長宅の倉庫に封印してあった積載商品はすべて船長に戻しました。ドン・ロドリゴ卿がさように申されましたので。船長はそれでも不服そうでしたが」

とアダムスは言った。

　家康は脇に控えた本多正純を振り返った。

「ドン・ロドリゴの目通り支度にかかれ」

アダムスが去ると家康は居室の広縁に立ち、再建途上の天守台を仰ぎ見た。まだ本丸も天守閣も真新しい木組みで、木の香が爽やかだ。正面の築山には清々しく水が打たれている。

この駿府城は、関ヶ原戦後、家康の異母弟内藤信成の居城だったが、秀忠に二代将軍職を譲った家康がこの城を隠居所と定めたため、内藤は長浜城に転封となった。

その後家康は同城を大幅に拡張、二年前の慶長十二年三月正式に入府を果たした。ところがその同じ年の暮、原因不明の失火により折角拡張した本丸御殿と天守閣が全焼してしまった。

何者かの仕業、と様々な憶測が出たが、いずれも大御所様の威信にかかわるとして直ちに再建工事が施行され、翌年には早くも工事が完了した。

その間家康は主として駿府城に滞在したが、ある時は京都の二条城に、ある時は大坂の伏見城にと、自在に居を移している。

密かに城を固め、武器を蓄え、虎視眈々と天下をねらう大名、大坂方に加勢する大名はおらぬか。鷹狩、水練、京見物、口実は何でもよい。諸国を見回り、怪しき動きは萌芽のうちに摘み取る。まだまだ一カ所に腰を据える時世ではないのだ。

アダムスの復命後数日経って、いよいよマニラ前総督が駿府に到着したとの知らせが入った。

家康はその宿舎に十二着の金糸銀糸の縫い取りをした唐物緞子《どんす》の夜着を届けさせた。柿や梨などの果物も差し入れさせた。

「危うい偽装漂着の褒美じゃ」

その六日後の慶長十四年十月六日（一六〇九年十一月二日）午後、ドン・ロドリゴ・デ・ビベロ・イ・アベルーシアが駿府城へ登城した。

家康はこのマニラ前総督という肩書を持つスペイン人を、新築早々の白書院に招き入れた。

江戸城の白書院は幕府の公的な接見の建物だが、ここ駿府城もそれと同じく家康の公の謁見の場となっている。江戸城より規模は小さいが、格天井、左右の襖、床の間、すべてに贅を凝らした造りだった。諸大名に造らせたのは彼らの忠誠心を試すべく、また彼らの余分な資力を吐き出させるためでもあった。

その上段の間の床の間を背に、青ビロードを張った南蛮椅子を一脚置かせ、家康が着座する。中段の間の中央、家康と対座する位置にもう一脚、同じ造りの椅子を置かせた。漂着民と言えど、スペイン貴族、外交交渉者だ。その左右と下段の間には両側に二十人ほどの大小名《だいしょうみょう》が居並ぶ。

儂は隠居の身じゃ、諸国の大名など公には会わぬぞ、と家康は言うが、「そうは申されても江戸は江戸、駿府は駿府、どちらにも伺候せねば」という大名は多く、伺候する大小名、旗本の数は江戸城と変わらない。

ドン・ロドリゴは、白い羽飾りのついた帽子を胸に、家康の着座前から自分用の椅子の脇に立っていた。繻子《しゅす》の襟飾り付きの純白の下着に黒ビロードの上着、真紅の半袴、白い靴下、拍車付きの黒光りする長靴、細身の剣を腰に下げ、真紅の裏地のついた黒羅紗《らしゃ》のマントを羽織っている。

家康が着座してもまだ相手は椅子の傍らに立っていた。ただでさえ南蛮人は大男なのに、この男はさらに背が高い。これでは話ができぬ。

家康は相手に手で着席するように促した。相手は再三固辞したが、最後に片膝を畳に付け、胸に手を当て、深々と頭を下げた後、ようやく着座した。

最初は外交辞令の挨拶だった。

思いがけなく漂着したが、貴国住民の手厚い救助のお蔭で一命をとりとめた。それもひとえに「ダイフサマ」、貴公のお蔭である…

家康は辛抱強くその挨拶を聞きながら、按針と同年齢と聞くこの南蛮貴族の様子を観察した。

これがエスパニアの貴族か。キリシタンの坊主どもとはやはりだいぶ違うの…

家康はこれまでスペイン人やポルトガル人の宣教師には何回か会ってきた。イエズス会だのドミニコ会だのナントカ会だのいろいろ宗派があり、それぞれ教義も身なりも違うというが、儂の目から見れば同じようなものだ。真言も浄土宗も異人からみれば、みんな同じように見えるのと同様だ。

しかし、貴族というのは坊主共とはさすがに違うておる。貴族というても京の公家共と同じというのではなく、むしろこの男の面魂《つらだましい》は我が国の武士に近いかのぅ。それともこの男だけが、他の南蛮貴族共とは違うておるのか。なにせ、漂着を装うて我が国に乗り込んできたくらいじゃからの。たしかに偽装漂着しそうな剛毅《ごうき》なツラはしておる。

さて、挨拶の後、この男、儂に何を申すか…

同席した本多正純が小さく咳払いした。打ち合わせ通りだ。

ドン・ロドリゴの二部屋ほど背後の部屋から、数人の茶坊主共が高坏《たかつき》や銀盆を目の上に高く掲げて入ってきた。それらの上には絹の反物、金・銀の延べ棒、巻物、乾物などがうず高く盛られている。その入口の襖の敷居の外では烏帽子《えぼし》姿に狩衣《かりぎぬ》の威儀を正した大名が平伏していた。伊達政宗だ。

政宗は関ヶ原戦後、家康から東北六十二万石を与えられ、慶長六（一六〇一）年居城を仙台に移した。家康は同時に彼に松平の名字も与え「松平陸奥守」と称することも許した。

家康は平伏する政宗に一瞥《いちべつ》すら与えなかった。それら献上品を見もしなかった。茶坊主共は献上品を家康の座す上段の間と中段の間の仕切り近くに並べると、無言で礼をした後しずしずと下がる。正純は控えの間にうずくまる家臣に手で合図してそれらを素早く片付けさせた。

次いで、同じく下段の間の敷居際に手をついて平伏したのはロドリゴと共にやってきた艦隊司令官のフワン・エスケッラと付き添いのフランシスコ会日本管区長のアロンソ・ムニョス司祭だった。

二人は先の伊達政宗と同様に目を伏せたまま頭を畳に擦り付けて礼をすると、金襴、羅紗などの織物類、それに葡萄酒など南蛮の珍しい品物を盛った高坏を掲げ、自分達で家康の足元まで運び込んだ。ドン・ロドリゴ救助の返礼としてマニラの現総督から最近献上された品々だった。

これにも家康は一顧だにしなかった。

こんなもので儂を懐柔しようとはまさか思わぬじゃろうの、ドン・ロドリゴ殿。それにわざと儂はそちとこの二人を区別して見せたが、これもわかるであろうの。これは儂がそちをエスパニア政府の、メキシコ政府の正式交渉相手と見なしておるからじゃ。それとその前の政宗へのあしらい、見たか？ 儂の権威を。

二人の南蛮人が下がると、家康はロドリゴの顔を見た。

さてと、いよいよそちの本番じゃが、用意はよいか。

ロドリゴは咳ばらいをし、人払いを願った。

思った通りだ。そう来ねばならぬ。

正純が自分と通辞のみを残して、他の大名や家臣を引き揚げさせた。

ドン・ロドリゴが待ちかねたように身を乗り出した。「ダイフサマ」という声音も先ほどまでと違っている。

「実は、自分は貴公に会いまみえるべく漂着を偽装してこの国へ参った」

家康はうなずいた。そんなことはわかり切っておる。早うにその目的を話せ。

前マニラ総督は上下の唇をなめ、一言一言噛みしめるように話し始めた。心中よほど練り上げてきたものと見える。

その話の内容は以下の六点だった。すなわち、

一、銀精錬水銀法の伝授。これにはメキシコから百人規模の技術者を派遣しよう。
二、洋式帆船の操縦法の伝授。これはマニラからの交易船の貴国滞在中に乗組員に伝授させよう。
三、今年来航したオランダ人を即刻貴国から追放せしめること。
四、マニラからメキシコへの直航船の寄港地として江戸や駿府に近い浦賀を開港してもらいたい。またその他の港湾の洋式船乗り入れ可否のための港湾測量の許可。
五、日本全土のキリスト教布教の許可。特に港湾や金・銀鉱山地での教会建設、司祭の居住の許可。
六、今後想定される南蛮人と日本人との諸問題解決のためのスペイン側役人の常駐許可。

バカに要求が多いのぅ、と家康は途中からあきれかえった。ま、わざわざ来るからにはそれくらい多くの〝手土産〟を抱えて来ざるを得なかったであろうが。

「そちの申したきこと、ようわかった。よっく吟味してお返事申そう。ただ、あまりに多いのでそれを正式な文書にしてこの正純までお届け願いたい」

いずれにせよ口頭では検討できぬ。

「遠路はるばる誠にご苦労でござった。今宵はゆるりと休まれい」

家康は、「遠路はるばる」をわざとゆっくりと言った。これの内意をポッロとかいうイエズス会の通辞がうまく伝えられるか？　ま、わからずともよい。

「そうそう、言い忘れるところじゃった」

と家康は額を叩いた。

「貴公の帰国の船じゃが、儂の手元には二艘の洋式帆船がある。ほれ、貴公と御宿で会うたあのエゲレス人、その彼が拵えた船じゃ。それをお貸し申そう。それと、お帰りには我が国の珍しき土産の一つもお入用じゃろう。そのための金子も用立てて遣わす。遠慮のう申されよ」

それに対してドン・ロドリゴは、

「ウスキという港に我らの随行船サンタ・アナ号が停泊している、と聞いております。その船で帰国の予定でござる。もしそれが不可能の場合には、お言葉に甘える所存」

と頭を下げた。

そして、今日の協定案を明日にでも書面に認《したた》め、コンセクンドノにお渡しします、と付け加えた。

コンセクンドノとは誰じゃ、といぶかる家康に正純が、拙者のことでございます、と答えた。

「拙者の官職、上野介《こうずけのすけ》を南蛮人は呼びづらいとみえてさように呼びますので」

「コンセクンドノか、それはよい。儂もこれからはそちをさように呼ぼうぞ」

と、家康は暇を告げる前マニラ総督ドン・ロドリゴを見送りながら上機嫌で言った。

［四］　最後通牒

翌日、ウィリアム・アダムスが呼ばれた。マニラ前総督の提案に対する返答の協議のためである。前日の会見の間中、同席はせず隣室に控えていたのだ。

「どうじゃ、きゃつの申しようは」

単刀直入に切り出す。

「一の銀精錬職工派遣の件でござるが、実は大久保長安殿はあまり乗り気ではござりませぬ」

「何故じゃ？」

「彼の申しますには、メキシコの水銀法は大量の水銀を必要とするのだそうです。ところが我が国では、古来から水銀はあまり採取されませぬ。これまでは明から輸入しておりましたが、例の太閤様の朝鮮出兵のため、それが叶わなくなりました…　一時的には佐渡金山にて水銀で金の精錬も試みましたが、莫大な水銀消費量だそうで…　明から、もしくは、それこそメキシコからでも購入しないと、この方法は難しかろうと」

そうか、金・銀鉱山は開発され産出量は増えておると申すに、その触媒となる水銀がないと申すか…

「それに水銀使用かどうかわかりませぬが、職工の労咳《ろうがい》も深刻だとの報告もきておりまする」

早速、金銀奉行の大久保長安が呼ばれた。

京都の大蔵流猿楽師だったと言われる長安は、武田信玄にその異才を見出され、武田領国における黒川金山などの鉱山開発や税務などに携わっていた。

武田家が信長によって滅ぼされると家康に召し抱えられ、家臣大久保忠隣《ただちか》の配下となり、その際、姓を大久保に改めた。

関ヶ原の戦い後、豊臣氏の支配下にあった佐渡金山や生野銀山などが全て徳川氏の直轄領になると、直ちにその才を発揮。同年中に大和代官、石見銀山検分役、佐渡金山接収役、翌年には甲斐奉行、石見奉行、美濃代官と次々に任じられた。

慶長八(一六〇三)年、家康が将軍になると、長安の重用はさらに続き、同年佐渡奉行、所務奉行、同時に年寄(後の老中)にも列せられた。慶長十一年には伊豆奉行も兼任。その他、里程標も制定。すなわち一里＝三十六町、一町＝六十間、一間＝六尺という間尺《ましゃく》を整えるなど、関東における交通網の整備、一里塚の建設などの一切を任されたのも長安であった。

その長安の口からも日本の水銀不足の現実を聞いた家康は、

「さようか。水銀の不足、とはのぅ。そこまでは考え及ばなんだ。銀があってもその精錬に用いる水銀が、のぅ。明から入れるのも、彼の国とは和睦したばかりじゃし…直ちに水銀輸出を要求するというわけにはいかぬ」

と、脇息に置いた手で薄い髭をしごいた。

なんといっても彼の国にとって日本は油断のできない「倭寇」の国なのだ。

「すると、やはり従来通りの灰吹法を続けるしかないか…」

家康は長安に向き直った。

「石見や佐渡の銀は相変わらず歩留まり五分のままか?」

日本の灰吹法による銀精錬は効率が上がらず、銀鉱石から得られる純銀は含有量の半分程度しか得られていないという。

「エスパニア銀のように、とは言わぬが、せめて歩留まり七分には上げられぬか?」

「はっ、さように努めてはおりまするが、なかなか…」

長安は細かい数字を挙げて詰問する家康の前で、脇の下に冷や汗の流れるのを感じた。

ここ十数年、家康が二つの意味で国内産銀の増産を急がせ、その銀で銀貨を製造させているのも、一つには国内統一貨幣として流通させるため、もう一つが主に明の絹糸・絹織物、東南アジアの硝石や染料を輸入するための交易用として用いたいためであった。

たしかに、長安が銀鉱山奉行として着任してからは生野、佐渡、伊豆などの鉱山は開発されたが、その銀鉱石から銀を取り出す精錬法が、従来の灰吹法の歩留まりを向上させる技術が、なかなか開発されなかった。

しびれを切らした家康が、スペインの植民地で開発された水銀による精錬技術を何とか伝授してもらいたい、と歴代マニラ総督に懇願しているのも、そしてそれをマニラ総督がキリシタン布教と引き換えに伝授、という取引に使っていたのも長安はよく知っていた。

もし灰吹法の効率が現在の五分より一分でも二分でも上がったなら、そのような卑屈な外交などしないで済むのだ、と家康は言いたいのだ。

長安の珍しく不明瞭な返答を聞き、チッ、と舌打ちして、「以後も務めよ」と言うと、家康は再びアダムスに向き直った。

「…では第二点はどうじゃ」

「これはよろしかろうと存じまする。ただ、この点は何もマニラからのスペイン船の船員のみに頼る必要はございませぬ。これからはオランダ人船乗りもおりまするし、マカオからのポルトガル人にやらせることもできまする」

そうじゃの、エスパニア船、ポルトガル船、オランダ船、国は違えどガレオン船という船の構造、帆の形態などはあまり変わらんじゃろう。選択肢は多い方がよい。それに連中も一年中我が国に駐留しておるわけではないしの。交互にやらせるか。

「ただし…」

とアダムスは膝を進めた。

「スペイン人のみならず、これはオランダ人にせよ、ポルトガル人にせよ、日本の港や沿岸を外国人に測量させる、というのは大問題でござります」

「大問題？　それはいかなる意味じゃ」

「測量させるということは、我が国の、地理上の秘密を外国人に知られることになるからです」

仮に、とアダムスは説明した。

仮にスペイン人が日本に攻めてくるような場合、彼らは自国の船を日本のどの港、どの海岸に侵入できるかを知らなければなりません。もし水深の浅い港に突っ込んで座礁でもしてしまったら、身動きがとれないからです。

今から二十年前のスペインとイギリスの海戦時、スペインの船はオランダ沿岸の岩だらけの海岸線で座礁したり破損したりして、結局敗戦したのです。

「なるほどのぅ。すると、エスパニアの役人の滞在も問題じゃな」

「オランダ人追放の件も、すでに大御所様は彼らに商館建設の許可をお出しになりました」

と正純が言った。

「当然じゃ。敵の敵は友、しかも何事であれ選択肢が二つ以上あることは有為だ。オランダ人は追放どころか、エスパニアとの交易上これからの切り札じゃ」

「残るは布教の問題ですな」

とアダムスと正純が異口同音に言った。

「しかし、彼らにキリシタン布教を禁じるとまた別の問題が起こるじゃろう」

日本にはすでにキリシタンが三十万人もおる、ときゃつらは豪語しているそうではないか。今すぐそやつらを処罰すれば、再び国が乱れかねぬ。なにせ宗教に凝り固まった連中は始末におえぬ。一向一揆の二の舞はご免じゃ。

家康は、過去半世紀日本各地で勃発した一向宗門徒による一揆騒動を思い起こして言った。

家康の故地三河でも、永禄六年から七年（一五六三〜四年）にかけて一向宗信徒の騒動が勃発。その時は今の腹心の本多正信も信徒側につくなど、家康に宗教の恐ろしさを骨の髄まで知らしめる事件だった。

「故太閤もそれを恐れて、長崎でバテレンや信者どもを磔刑に処した…」

「多くの宗派がある中でも、今度のマニラ前総督ドン・ロドリゴの信奉するフランシスコ会というのは活発な布教活動で目立っております。彼らは特に京や伏見で派手に活動しておるそうにございます」

たしか十年前マニラから来た「ヘスース」という名のバテレンもその宗派だったの。そやつが江戸に教会を建てたいと申したから許してやったが、後から聞けば、その国の王よりもデウスとやら言う神とその守護者のエスパニア王を信奉するという危険思想の輩じゃという話だった。

それに反してプロテスタント信者の国とかいうオランダは、たしか今回の謁見の際「我が国はキリスト教布教を伴わない貿易をいたす」と言っておった。

儂には宣教師やキリスト教を排除する理由も積極的に保護する理由もない。が、危険な思想・

宗教は大きくならぬうちにその芽を摘んでしまわねばならぬ。

築山の影が長くなった。日脚が傾いたのだ。

さて、と言いながら家康は立ち上がった。

長時間の協議はさすがに疲れる。新築なった黒書院の居室で長年連れ添った阿茶局《あちゃのつぼね》に腰を揉ませたい。喉も乾いた。

「儂は休むぞ。正純、マニラ前総督から書面が届いたら今日の謁見の内容にかかわらず、この方策を軸に返答すべし。ナニ、きゃつはきゃつの勝手な要望を吹いたのじゃから、こちらはこちらの要望を通すまでじゃ」

「銀精錬法伝授に関しましては、いかが取り計らいましょう」

「当分捨て置け。水銀まで買わねばならぬとなると、高い買い物じゃ。その上、バテレンという付録付きとなるとの」

そのうち長安が灰吹法をさらに改良して、もっと歩留まりを上げるじゃろう。オランダ人が別の方法を開発するやもしれぬし…

ま、慌てず待つことじゃ。待てば海路の日和あり。長生きをして、機の熟すのを待つ、これが儂のやり方よ。

誰かお阿茶に奥の間で茶の支度をして待つようにと伝えよ。

第三章　マドレ・デ・デウス号事件

［一］　三河一向一揆

遠くからなにやら得体のしれぬ響きが聞こえてきた。

それは始めのうち潮騒のように高く低く、遠く近くで聞こえていたが、あっという間に耳元に響き渡った。

鬨《とき》の声か、と朦朧《もうろう》とした意識から覚醒し、家康は寝床から飛び起きた。

鬨の声は今や音ばかりではなくなった。大勢の人間の入り乱れる足音が庭先の地を轟かし、ぶつかり合う武具の重い響きと共に、一斉に何やら唱える人声が寝所の障子一枚を隔てた縁先に迫っている。

どこの軍勢が押し寄せてきた？　今川方か、織田方か、それとも？

もう耳を澄ませるまでもない。鬨の声だと思ったのは大勢の男女の唱和する声々だった。

なんまんだぶ、なんまんだぶ、なんまんだぶ…

やがてその声は大音響となって耳どころか脳髄にまで轟きわたった。

家康が枕元の脇差をひっつかむと同時だった。

「殿、見参！」

数人の男共が障子を蹴破って躍り込んで来、たちまち家康は前後左右から羽交い絞めにされ、首に抜身の刀の切っ先を突き付けられた。脇差を抜く暇もない。床に尻もちをついたまま刀を突き付けた男の顔を正面に見て、家康は驚愕した。

「ま、まさのぶ！」

暗がりの中でもはっきりとその者の顔が見えた。

賊は誰あろう、本多正信ではないか。家康が今川家から岡崎に戻った直後、鷹匠から側近へと取り立ててやった本多正信、その人ではないか。

背後に回った別の男が強靭な力で締め付けるので身動きできない。それでも家康は声をふり絞った。

「な、なにゆえ、そ、そちが、主君に、刃向かう？」

息が切れて言葉が一息では続かない。太刀を突き付けたまま正信も声を絞った。

「殿、上宮寺《じょうぐうじ》の不入の権、お忘れか？」

「不入の権」とは「不輸の権」と共に中央政府が発した荘園や寺社の租税や夫役《ぶやく》を免除する措置だった。

遠く平安時代に確立され、政府の役人やその代理人たる地頭の侵入や干渉を寺領や社領側が阻《はば》める権利だったが、何百年もの間に弱体化した中央政府に代わった戦国大名が、その権利を自領内の寺社や地方豪族に対し勝手に与奪するようになっていた。

その対抗策として、寺社は自領から上がる年貢や上納金を大名には貢納せず、資金繰りに困窮する地方豪族や小大名に高利で貸し付けていた。

十数年間今川義元の人質となっていた家康は、元服後の永禄三（一五六〇）年桶狭間の戦いで義元が敗死すると、後継の今川氏真《うじざね》の器量を見定め、独立を宣言、十九歳で父祖の地岡崎に戻って来た。これからは自分が一族を統率、次いで父祖の地三河全体を統一し、旧今川勢力と新興する織田勢力との間で堅固な国を確立しなければならぬ、と強い決意だった。

それ以前、駿府城の人質時代にも岡崎城主として本領の家臣宛てには領地宛行《あてがい》、禁制や定め書きを出す権限は有していたし、寺社への「不輸・不入の権」も先祖以来の権限として遵守はしてきた。

しかし、それらも独立したこの際見直さねば、と家康の血気は逸《はや》った。

その決意には京の都、中央からの動きも刺激となっていた。

長年にわたる三好長慶・松永久秀との抗争で近江に逃れていた第十三代足利将軍義輝が、織田信長・長尾景虎（上杉謙信）の後ろ盾を得てその二年前京都に戻り、復権の兆しを見せていたからだ。

今世の中は動いている。義元公亡き後、我も動かねばならぬ。今こそ好機じゃ、と若い家康は思った。

しかし、父の松平広忠が亡くなって十数年、家康が人質となって今川家・織田家を蹴鞠の鞠のように往還させられていた間、旧領を守っていた松平一族にも結束のほころびが生じ、義元亡き後も、ある者は今川方への帰属を主張、ある者は織田方への帰順を主張した。

元々三河加茂郡松平郷で松平氏を起こしたとされる家康系松平家の初代親氏《ちかうじ》は、初めから三河全体を領していたわけではなかった。東三河、西三河と分かれ、さらに西三河だけでも家康系の他に、碧海郡安城を本拠とした安城松平氏、額田郡岩津に居を構える岩津松平氏など一族の分家筋、親類筋が勃興、衰退、庶家の交代を繰り返していた。

三河統一には、まず領内各地に割拠する松平一門を含む諸豪族を平らげねばならない。知略と武力で領内の親今川、反家康の旗印を掲げる一族や豪族を攻め、平らげねばならない。

ただ厄介なのは、三河地方の豪族は、武田などの公然たる外敵ではなく、同じ血筋、同じ一門の武士が多いことだった。公然と反家康の旗を翻した石川氏一族なども、当主の清兼の妻は家康の母於大《おだい》の方《かた》の妹であり、その息子ら康正、家成は家康の従兄弟にあたるのである。

この一族を武力を用いずに味方にするため、康正の息子数正を根気よく説得するなど、家康は大変な苦労をさせられた。

説得にも、利をもってしても応じず、頑強に抵抗する反家康側豪族は武力で屈服させた。

家康は今川家の人質だった時分、義元に命ぜられ西加茂郡の寺部城主鈴木重辰を攻撃したのを

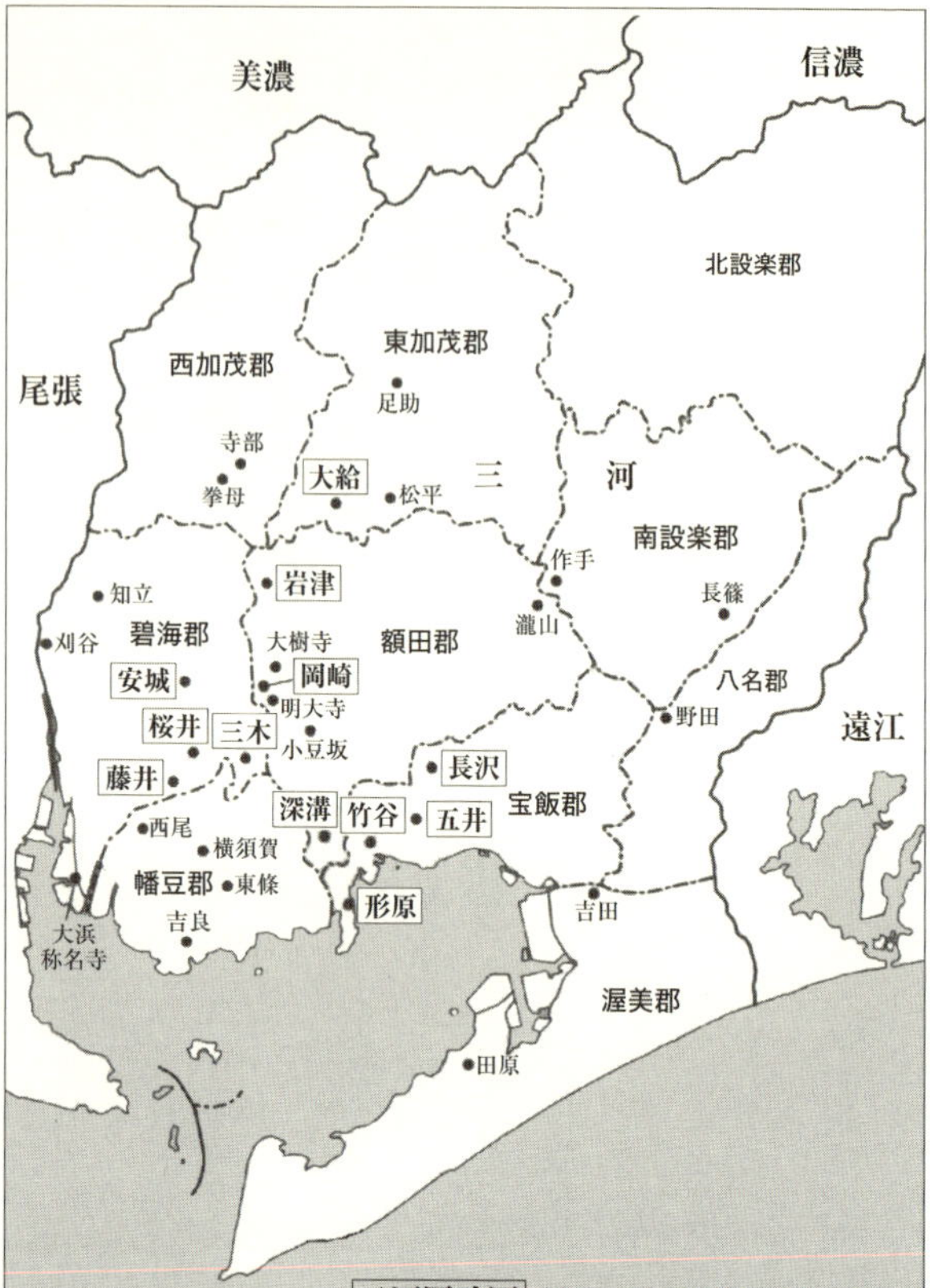

三河国略図（吉川弘文館「徳川家康」より）

皮切りに数回の戦闘を経験。特に桶狭間の戦いの際には難役大高城への兵糧運搬に成功するなど戦陣には相当な自信があり、またその実績から今回の戦闘にも着々と成果を上げていった。

戦勝後は彼らの領地を没収。その領地を親家康方へ臣従の恩賞として宛《あて》がい、さらには彼らの念願とする大寺社からの借金を帳消しにする「徳政令」を発行した。

大寺社は、単に武士や百姓・商人など領民達の宗教的精神的拠り所だったばかりではない。自領から上がる年貢や、自領内の市での販売権や商人組合である座からの上納金・寄進物を各地の豪族に貸付ける金融機関としても大きな存在だった。

豪族達は度重なる戦乱の出費に苦しみ、裕福な大寺社へ融資を求めた。その結果、彼らへの莫大な借財に苦しみ、家康への臣従の条件として寺社宛に借財帳消しの「徳政令」の発行を迫ったのである。

家臣の要望に応えるばかりではない。

これはまた、新城主に頑強に抵抗する大寺社を屈服させる策でもあり、かつ家康自身の国内統一事業に要する資金調達も兼ねていた。敵対する領内豪族や今川側武将との戦闘には、領民からの年貢だけでは足りず、兵糧米や兵員を寺社より調達することが急務だったからだ。

すなわち、寺社の古来からの「不輸不入」の権利を家康自身が侵害しようとしたのである。なかでも「なみあみだぶ」六文字の念仏を唱え、武装し、死をも恐れぬ一向宗門徒を屈服させねばならない。彼らを屈服させ、彼らからの借財という重しを除去することによって家康一族の財政を守り、豪族の家康への強固な服属心を勝ち得なければならない。

永禄六（一五六三）年、家康は手始めに家臣の菅沼定顕《さだあき》に命じ、額田郡岡崎上佐々木の上宮寺付近に砦を築かせ、同寺所有の穀物を強奪させた。

この家康の「不入の権」侵害に強く非を唱えたのは、当の上宮寺ばかりではなかった。

京都本願寺第八代宗主（門首）蓮如の孫にあたる碧海郡安城野寺の本證寺第十代住職空誓《くうせい》は、門徒に対し激烈な反家康の檄《げき》を飛ばした。門徒達はこの空誓様の下知《げじ》には逆らえなかった。

それに和したのが、同じ碧海郡針崎町の勝鬘寺《しょうまんじ》だった。彼ら三寺は、三河における本願寺教団の拠点で三河三ケ寺と呼称されるなど大勢力を誇っていた。

彼らはこれまで長年既得権益だった「守護使不入」の特権を侵害され、約束違反だ、と怒りの声を上げた。

門徒達は反家康と親家康二派に大きく分裂した。

反家康派は教団の下知に従い、家康への反攻に転じた。元々彼らは反松平、反家康の武士だったため、教団の反家康、反三河統一の旗印に呼応したのだ。

その数は三河家臣団の半数にも及んだという。名門酒井家当主忠直などもその一人で、一揆終息後も家康帰順の意を示さなかった。

一方、彼らに比して最も苦悶したのが、門徒の中にあって若き君主に期待したり、代々忠実な家康系松平家の留守を預かっていた子飼いの家臣団の武士達だった。彼らは信仰に殉じるか、主君に忠義を尽くすか、相反する規範の前で非常な苦痛を強いられたのである。

今、家康に刃を突き付けている本多正信もその一人だった。元は鷹匠だった正信は鷹狩の好きな家康に仕え、戦《いくさ》にも従軍、やがて武士として登用されるようになった。

あんなに目をかけて取り立ててやった本多正信が一揆勢の首領として、今血走った目を吊り上げ自分を殺そうとする。

「待てぃ、正信、我を何とする？　そちを取り立てたのは誰と思っておるのじゃ。たかが一介の鷹匠だったそちを…」

家康の言に正信は苦し気に顔をゆがませた。しかし、家康の喉元に突き付けた刃を引こうとはしない。

「若殿、拙者の心中をお察しくだされ。我が家は代々が熱烈な一向宗門徒、それも本證寺の筆頭門徒でござる。不入の権を侵害された空誓様のご意思には逆らえませぬ。たとえ拙者をお取り立てくだされた若殿、いや、大御所様に背くことになりましょうとも」

何？　大御所様だと？　何を申す？

家康は混乱した。よく見ると正信の顔は、二十歳の自分より五歳年長、天文七（一五三八）年生まれのさっそうとした若鷹匠の顔ではなく、現在の皺に埋もれた七十代半ばの老爺の顔ではないか。

すると、その正信の顔が突如変わった。鼻の高い眼窩《がんか》の窪んだ日本人らしからぬ顔、褐色の口髭、褐色の髪、しかも銀色の甲冑《かっちゅう》を帯びている…

「そちは…ド、ドン・ロドリゴ…じゃな」

ドン・ロドリゴ、この秋、マニラから上総国御宿に漂着し駿府で目通りしたメキシコ人貴族だった。

家康の銀精錬職工派遣とガレオン船操船術伝授の要請の交換として、執拗にカトリックの日本宣教とプロテスタントのオランダ人排斥を願った男だ。

「ダイフサマ、オランダは我がスペインの、カトリックの、大敵です。今すぐかの使者を長崎より追放し、我がスペイン・メキシコの、ローマの教皇猊下《げいか》の、正しき教えをジパングの人々に広めるべきです」

おかしなことにドン・ロドリゴは、たどたどしいが正確な日本語で迫った。よく聞くと、それは三年前日本での布教公認を懸命に迫ったイエズス会日本管区長ルイス・デ・セルケイラの声音だ。

「何を申す、この日本は神国、古来より神道・仏教など様々の宗教が仲良うまじりあってきた国じゃ。そちの申すカトリックもその中の一派として大人しうまじりあうと申すのなら、許す」

「それはなりませぬ。我らの神はこの世界の唯一の神、それ以外の神仏はことごとく邪神です。邪教です。トクトク貴公もわが神の僕となるべきです」

家康はドン・ロドリゴの刃を下から跳ね上げようとした。が、ロドリゴは盤石の重みをかけて刃を家康の喉に突き付けてくる。

「さぁ、ご家来衆にお命じなされよ。ジパング国を今からキリシタンの国にせよと」

家康の喉にドン・ロドリゴの洋剣の切っ先が触れた。

その冷たさに家康は目が覚めた。

「何たる夢を。儂ともあろうものが何たる夢を見たことか…」

家康は身震いし、ようやくはっきりと目が覚めた。

覚めれば、慶長十四（一六〇九）年師走に入るこの季節、厚い夜具でも夜明けは冷える。

が、身震いしたのはその季節のせいばかりではなかった。

もう五十年も以前の三河一帯を襲った一向宗門徒の一揆、それはいまだに家康の心中を脅かす恐ろしい体験だった。

「いったんこれと思い込んだ人間の心の変え難さよ。あの正信でさえ、常に情勢を読み、的確な判断を下す本多正信でさえ、あの折の『なんまんだぶ』に凝り固まったあの執念。儂が一揆終息後『許す、帰参せよ』といくら申しても肯《がえ》んじず、岡崎を逐電。それが改宗・改心し帰参するまでに十四、五年かかった。あの信仰心…　いや待てよ、やつの内心はいまだに『なんまんだぶ』かもしれぬが、ともかく帰参した…」

家康は正信が幼少期以来周囲から植え付けられた根強い宗教心を考え、また織田信長の元亀元年から天正八年（一五七〇〜八〇年）にかけての大坂本願寺一向宗門徒攻めがいかに難渋を極めたかを、今更ながら思い返した。

いかに戦略的に不利であろうと、兵糧米を絶たれ、飢えのため一木一草食いつぶしても降参せず、「なんまんだぶ」を唱えながら、従容として死に臨んだ一向宗門徒達老若男女の姿を思い返した。

「まっこと思い込んだら命がけの、人の心の凄まじさよ」

そして、正信の顔からドン・ロドリゴに変わったあの瞬間。

「思えばキリシタン共も宗派こそ違え、同じではないか」

十年前の慶長元年十二月十九日（一五九七年二月）太閤秀吉が磔刑《たっけい》を命じた時、自ら進んで受刑者の列に加わった二人の男がいた。デウス様のおられる極楽寺《パライソ》に行かれるのは何という恩寵でしょう、と言ったその男達の顔は、この世の者と思えぬほど照り輝いていた、という。

また同じ一行の中にルドビコというわずか十二歳の少年がいたが、当時の長崎奉行寺沢宏高の弟、半三郎が彼を哀れに思い、「キリシタンの教えを捨てれば命を助けてやる」と持ちかけたが、ルドビコは大きく首を横に振り「（この世の）つかの間の命と（天国の）永遠の命を取り替えることはできませぬ」と、毅然としてこの申し出を断ったという。

ドン・ロドリゴが命を賭して御宿に偽装漂着したのも、我が信ずる神を連中の言うジパングに広めんとする強烈な思いからじゃった。幼き頃からそれ以外の宗教を知らずに育てば、それが唯一無二の神としか考えられぬのだろう。

そういえば三浦按針も、拙者は宗教を政治・経済とは切り離して考えております、とは申しておるが、こと信心に関しては、自分の神は絶対だ、と譲らなんだ。

戦場での刀や槍の勝負なら、相手を組み伏せることができる。また戦略や調略なら理非、利害で相手を納得させたり、味方に引き入れることができる。

「だが、のぅ、その者の心の襞《ひだ》に深く浸透した思いを、信仰を、いわば心そのものを取り除くのは至難の業、下手をすればその人間そのものを滅ぼすことになりかねぬ。いかにその人間があらゆる面で有用であったにせよじゃ」

信仰とは目に見えぬものだけに、いつの間にやら心の奥深くに忍び寄り、心そのものを食い荒らすものだけに、恐ろしいものじゃ。

しかも宗教はその人間だけではない、周囲の人間達を感化し、次々に広がっていく…

「右近がその良い例じゃ」

家康は、自分より十歳年下、高槻城主高山右近のいかにも実直そうな顔を思い浮かべた。

幼少よりキリシタンの父母の感化を受け、十歳で洗礼を受けたという。生得の慈悲深い性格のゆえか、キリシタンになったゆえか、城主として領民を慈しみ、同じキリシタンの貧しい領民の葬儀には自身その棺桶を担いで埋葬したという。

もっともその徳のせいで、高槻領民は次々キリシタンに改宗し、勢い余って領内の寺社を破壊したり、廃止したりしたとも聞く。

また、茶の湯でも千利休の高弟として十指に数えられ、秀吉がバテレン追放令を出した際彼の才能と功績を惜しみ、千利休を遣わして棄教を促したが、右近は頑としてその説得に応じなかったという話だ。

では右近が軟弱な城主かというと、断じてそうではない。戦国大名の例にもれず、勇猛果敢な武将として信長・秀吉に重用され、また家康の代となっても関ヶ原戦などで数々の武勲を立てた。

「右近のような人物が一番始末に負えぬ。心はキリシタン、その上に戦国武士の鎧をまとうて主君に忠節を尽くす… ハテ、さような人間をいかにしたら…」

家康は爪を噛んで思案にふけった。

〔二〕 有馬晴信

妙な夢を見た後、家康は有馬晴信からの告訴状を読み返した。

その内容は、一昨年暮れマカオでの晴信派遣船の乗員に加えられたポルトガル行政府の苛烈な処断を報告し、その処断を命じた同政府の首長でかつ今夏長崎に来航したポルトガル船マドレ・デ・デウス号船長のアンドレ・ペソアを断罪するようにとの請願であった。

晴信は執拗に言う。

「マカオで処断された乗船者はたしかに有馬家の派遣船の乗組員でもあるが、その中の二人は大御所様ご所望の珍楠香購買にチャンパ渡航の使命を負った特命の家臣である。格こそ当藩の家臣であるが、幕命を帯びての使者、つまり大御所様直属の家臣、というべき者共である。ということは、マカオ行政府の乗組員処刑は、ひとえに有馬家への侮辱であるばかりでなく、大御所様への反逆である」

であるから、本来はマカオにまでご下知なされてその非を告発すべきであるが、今回その断罪さるべき人間がぬけぬけと長崎まで来たのであるから、この好機を逃すべきでない。是非とも大御所様には同船の船長を駿府までご召喚になり、その非を断じるべきである、というのである。

あるいは、その者をわざわざ駿府まで呼び立てる必要はない。もし大御所様がお許しくだされば、不肖この晴信が長崎にてそやつを断罪に処すのもやぶさかではない。

いや、是非ともそれを我が手におまかせくだされたい。

今、家康がその書状を再読し熟考しているのは、その有馬の訴状の内容ではない。複雑な長崎の事情である。

そもそも有馬晴信と大村純忠にとり、長崎は切っても切れない因縁の土地だった。

長崎近辺は、切り立った急峻な崖や丘陵地と、それを切り裂くような狭い入り組んだ入江と入江の連続地だ。そのため耕作地は少ない。しかも、その狭い地域ごとに小領主が割拠し、領地争いが絶えない。

晴信とて四万石を領すと言えども、その実石高は名目ほどの収量には届かない。純忠とて同様だ。

当時長崎は、橘湾を隔てた対岸の島原に本拠地を持つ純忠の飛び領だった。

永禄四（一五六一）年、平戸で仏教徒によりポルトガル宣教師らが追われる「宮の前事件」が勃発すると、ポルトガル人は新しい寄港地を探し始めた。

ポルトガル貿易が大きな利益を生むことを知っていた純忠は、翌年自領の横瀬浦の提供を申し出、貿易目的の商人に十年間税を免除するなど優遇措置を取った。そればかりか、ポルトガル人に対して大きな影響力を持つイエズス会に住居を提供するなどの便宜も図った。

その結果、横瀬浦はポルトガル貿易のもたらす利益でおおいに繁栄し、純忠の財政策は成功した。

純忠自身も永禄六（一五六三）年、家臣と共に洗礼を受け、受洗後は妻以外の女性と関係を持たず、終生忠実なキリスト教徒だった。

その後、領民にもキリスト教信仰を強い、その結果、最盛期には大村領内で信者数は六万人を越え、その数は全国の信者の約半数にも及んだという。

宣教師ルイス・フロイスもその著『日本史』で、「横瀬浦は日本で最も知られたキリシタンの町になった」と記している。

ただ純忠の信仰は過激で、領内の寺社や先祖の墓所を破壊し、仏教徒の居住を禁止、さらには僧侶や神官、改宗しない領民を殺害したり、土地から追放するなど弾圧を加えたため、非信者の家臣や領民の反発を招くことにもなった。

その上、横瀬浦は武雄の後藤貴明らによる夜襲を受け、火災で焼亡、衰退してしまった。

新たな寄港地を求めたポルトガル人は、永禄十（一五六七）年、有馬領の口之津港に入港、同町にセミナリヨ（イエズス会の司祭・修道士育成のための初等教育機関）を建てるなど宣教施設を整備したため、口之津は九州におけるキリスト教布教の拠点となり、大村純忠の兄、有馬義貞もこの口之津で洗礼を受けた。

それを見た純忠は、ポルトガル貿易を横瀬浦以外の自分の他の領地でも行えるようにさらに運動、元亀元（一五七〇）年、ポルトガル人に長崎を提供した。

同地は当時寒村にすぎなかったが、翌年、貿易港が口之津から長崎に移され、それ以降長崎は良港としてポルトガル貿易の旨味で大発展していった。

天正八（一五八〇）年、純忠はさらに長崎六町と茂木をイエズス会に寄進、天正十（一五八二）年の天正遣欧使節の出港や、同十八（一五九〇）年の彼らの帰国時も長崎を使わせるなど大いに貢献したため、以後長崎の対外貿易港としての地位は飛躍的に高まった。

天正十二（一五八四）年、有馬義貞の次男晴信も自領浦上村をイエズス会に寄進した。

そのような大村・有馬一族領の長崎一帯の繁栄をねらい、当時のし上がってきた「肥前の熊」龍造寺隆信が同年長崎に攻撃を仕掛けた。

一度は龍造寺側の手に落ちた長崎だったが、純忠はイエズス会に支援を要請、彼らの助力により無事奪還に成功した。その恩に報いるため純忠は、長崎全体を同会に寄進した。

その純忠が天正十五（一五八七）年六月に病没。有馬晴信は母が大村純忠の妹という大村家と

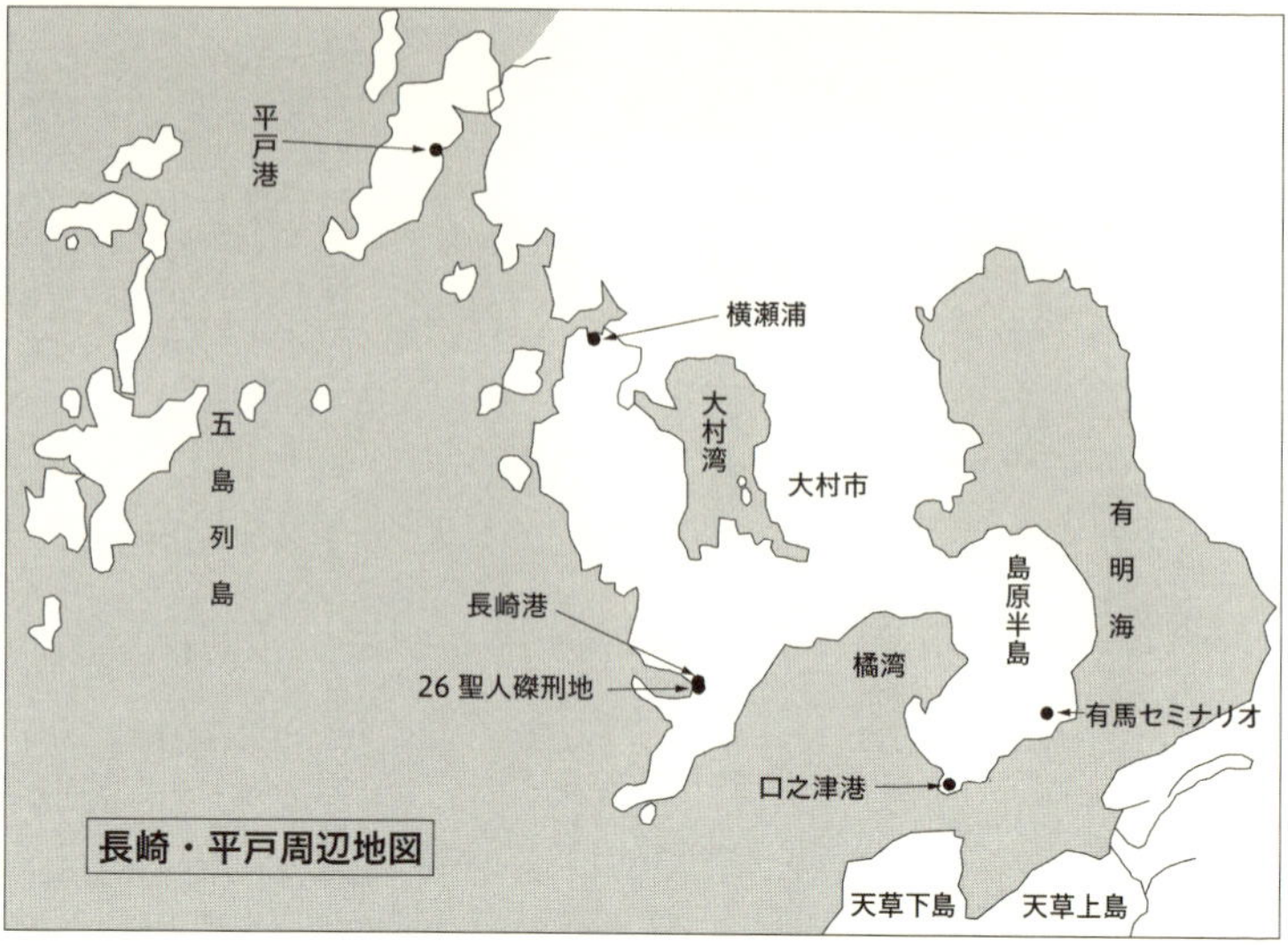

のつながり、父義貞のキリシタン改宗、領地も大村領と接続していることから、純忠に代わって有馬・大村一門の統領となり、長崎は両家共有の保護地となった。

一方イエズス会は、再び龍造寺のような非キリシタン大名に襲撃されないよう、長崎を自力で警護する方針を立てた。住民は宣教師とキリシタン信徒のみの自治組織とし、周囲に堀や柵をめぐらし、武装した兵士で厳重に警護させた。

が、純忠・晴信の過剰なまでのキリスト教保護、仏教弾圧など、キリスト教の拡大に危機感を抱いた豊臣秀吉は、天正十五年六月十九日（一五八七年七月二十四日）「バテレン追放令」を発布、翌十六年四月二日、同地のイエズス会知行所を没収、長崎を直轄地とし、文禄元（一五九二）年長崎奉行を置くなど、しだいに圧迫を強めていった。

文禄五年八月（一五九六年十月）、その圧迫が最高潮に達した事件が勃発した。マニラから出港したスペイン船サン・フェリペ号が四国の浦戸に漂着するという事件と、その結果である。

乗組員を尋問した秀吉は「来日する宣教師達はスペインの日本征服の急先鋒である」と確信、宣教師らの逮捕を命じた。その結果、近畿にいたフランシスコ会士とフランシスコ会・イエズス会の日本人世話人、一般信徒、合わせて二十六名が逮捕され、市中引回しの後、慶長元年十二月十九日（一五九七年二月五日）長崎で処刑された。世界を震撼《しんかん》させた二十六聖人殉教事件である。

翌年、秀吉没。

「今度こそ長崎の返却実現」を期待した有馬・大村一族だったが、その期待も空しく、関ヶ原戦を経た家康の代になっても幕府の長崎直轄地政策は変更されることはなかった。

ただし、徳川政権初期はカトリックへの弾圧は秀吉ほど強くなかったため、晴信は、いつかは長崎は我が手に戻されるのではないか、家康の意向を巧みに誘導すれば、昔の栄華が戻るのではないか、と願い続けた。

ところが事態は、時代は、晴信の期待に反した方向に展開していった。

徳川政権の遣り手奉行として着々と長崎に地歩を築きつつある長谷川藤廣の台頭である。

晴信にとり藤廣は奪還の目障りだ。彼さえいなければ…と、晴信は当面の目標を藤廣失脚に定めた。

一方、慶長十一（一六〇六）年長崎奉行となった藤廣も、なんとしても家康への手柄を立てねばならない立場にあった。

藤廣は代々の三河武士ではない。父の藤直は伊勢の北畠一族の家臣だったし、藤廣自身も慶長八（一六〇三）年になってから家康に仕え始めた。

その新参者が仕官して三年目に長崎奉行に、というこの大出世。これはひとえに「徳川殿の側室となった妹お夏の方の引き立てじゃ」との他の大小名のやっかみを込めた陰口さえ聞かれる抜擢だった。

お夏の方は慶長二（一五九七）年十七歳で二条城の奥勤めとなり、当時五十六歳だった家康の側室となった。子は生さなかったが、時に家康の人事面に介入し、特に兄藤廣の立身に心を砕いた。

その甲斐あっての抜擢。

藤廣は勇躍して任地に急行した。この機に自分自身による手柄を立てなければ、末代まで「妹の色香により立身出世した男」との評判が消えないだろう。

着任早々の慶長九（一六〇四）年、発布された幕府の糸割符制度を推進した。

糸割符制とは、それまで明産の絹糸・絹布を日本に独占販売、巨利を貪ってきたポルトガル商人の独占権を奪い、それを京都、堺、長崎の特定日本商人のみに購入許可、販売させるという幕府発布の取引法だ。ポルトガル商人はこの大変革を「パンカダ」と呼んだが、彼らにとってはまさに「大打撃《パンカダ》」「青天の霹靂《へきれき》」以外の何物でもなかった。

これにより、長崎やマカオ在住のポルトガル商人の高利商法に歯止めをかけたばかりではない。長崎住民の間に広く深く浸透しているイエズス会の勢力をある時は抑制し、ある時は利用する、という巧妙な策をなりふり構わず実行した。

目的遂行のためには手段を選ばなかった。

一時は自身キリシタンに改宗した素振りをし、またキリシタンの家臣岡本大八を周辺のキリシタン大名との接触役として抜擢した。その後、彼を家康側近の本多正純の家臣に推挙したのも、彼によって幕府中枢の動きを察知、彼を使って家康の歓心を買おうとの策略だった。

しかしその周到な藤廣も、わずかの油断から大失策をしてしまった。なんたることか、晴信に一歩も二歩も先んじられてしまったのだ。

家康の所望する南蛮の伽羅木《きゃら》「珍楠香」を、自分の持ち合わせがなかった隙をついて晴信が素早く献上、さらに追加購入のための派遣船の朱印状まで獲得したのだ。

「珍楠香」をめぐる確執だけでは収まらなかった。キリシタンという面からも、晴信と藤廣は対立し始めた。

二人共当初は同じ長崎イエズス会に所属、通辞として名高いジョアン・ロドリゲス（同名の司祭と区別するため、通辞を示すツヅ・ロドリゲスと呼ばれた）との親密な交流を続けていた。

が、藤廣のイエズス会離れやツヅの宗教者としての規範を超えた活動ぶり、晴信の過度の領土回復願望などから、二人はしだいに溝を深めていった。

このツヅ・ロドリゲスも長崎事情をさらに複雑にする理由に一役買っていた。

ツヅ・ロドリゲス。

ルイス・フロイス、三浦按針（ウィリアム・アダムス）と並んで大航海時代の日本史に大きく名を残した三人のヨーロッパ人の内の一人だ。

一五六一年ポルトガルで出生、理由は不明だが少年時来日、天正八（一五八〇）年日本イエズス会に入会した。堪能な日本語を駆使し、通訳にとどまらず、秀吉、家康など権力者との折衝にもあたるほどの地位に上り詰めた。

文禄四（一五九五）年ツヅは秀吉から中国産絹輸入の命を受け、その代金二千石を手にマカオに渡航、翌年同地で司祭に叙階された。イエズス会本部出身者でなく外地で入会、司祭叙階、という稀な出世コースを辿ったツヅは、この機を逃すべきでないと思った。

この機に長崎イエズス会の名で生糸貿易を推進するのだ。

しかし、ツヅが勇躍して日本に向かう直前、あの「二十六聖人殉教事件」が勃発。この事件を機に日本の対キリスト教、対キリシタン政策は大きく変貌する。

秀吉の死後もバテレン追放令は撤回されなかったが、イエズス会は有力なキリシタン大名に同会保護を訴え、非キリシタンの石田三成もその存在を認容した。が、その三成やキリシタン大名の小西行長らは関ヶ原戦で敗れ処刑されてしまった。

その一方、家康はキリシタンをどう遇するか、なかなか方針が定まらなかった。

「儂とて太閤と同様きゃつらを野放しにしておくつもりはない。が、一概にきゃつらを敵とみなし、迫害・追放するには惜しい。なんと申しても、きゃつらは海外からの文物をもたらし、我が国の産品も海外で販売してくれる。いや、キリシタンの思想はまずいが、他方、我が国人が思いもよらぬ新しい情報も持って来てくれる。さて、どうしてくれよう」

その時もしばし爪を噛んで考えていたが、やがて、この案はどうかの、と膝を叩いた。

我ながら妙案じゃ。

ポルトガル系イエズス会とスペイン系フランシスコ会の両方の宣教を容認するのだ。日本宣教をめぐって敵対する双方の連中は喜んで互いの動きを監視し、相手が出過ぎたことをすれば声高に非難しよう。特に遅れて来日したスペイン系修道会が出過ぎたことをしでかせば、イエズス会は既得権を侵害された、と訴えてこよう。

しかもこうすれば、スペイン・ルソンとの通商も続けられるし、ポルトガルとの貿易も従来通りじゃ。

そんな家康の思惑を知らぬツヅは、一六〇一年六月ローマ教皇から日本イエズス会の会計係(プロクラドール)に任命されて、生糸貿易に大きく関与するばかりでなく、家康とポルトガル商人・イエズス会との直接交渉役も任じられ、家康の貿易代理人としてますます重要性を高めた。

しかし、このツヅの商行為や政治関与は、内外に強い反感と反撥をもたらした。日本人にとっては奇妙なことだが、まず彼の属するローマのイエズス会本部が大反対した。本部は、海外管区の経済活動は会の神聖な立会精神を乱すとして否定、派遣会員には現地での商業活動に強い制約を課していた。

この本部方針に対し、イエズス会日本副管区全体に反発が起こった。本部からの充分な送金もないのに商売も禁止では、日本での宣教はやっていけない、この先どう宣教せよと言うのか。送金がないからこそ、マカオ＝長崎間の貿易仲介によって必要な宣教資金を得るしかないではないか。

そもそもイエズス会の収入は、まずポルトガル国王からの給付金とローマ法王からの年金、インド内の不動産収入、大信者からの寄付が主なものだった。しかし、ローマからはるか離れた極東に位置し、島国である日本にはそれらの給付金が定期的かつ潤沢に届くというわけにはいかなかった。

にもかかわらず、日本での宣教活動には多大な資金が必要だった。

同会の日本での宣教方針は、まず各領主やその一族を改宗させ、その命令下、領民を強制的に改宗させるというもので、そのため各領主への接触、説得には多大な資金を要した。

折しも日本は戦国時代、各領主は領地獲得戦争のため西欧諸国の最新鋭の武器弾薬が必要だった。彼ら戦国大名を改宗させるためには、深淵な精神論、宗教論を説いても無駄で、まず彼らの最も欲しがる武器の献上が不可欠だった。フランシスコ・ザビエルが鹿児島に上陸し、領主の島津一族に取り入ったのも、その六年前、種子島にポルトガル人が伝えた鉄砲の献上が功を奏したからだ。

薩摩藩を皮切りにイエズス会は次々に宣教先を広げていったが、それにつれ、ますます膨大な資金が必要になった。

武器の他にもキリスト教の仏教・神道に対する優越性を示すため、異国情緒あふれる精緻な手工芸品、中国産の高価な絹製品なども献上しなければならず、それらを長崎やマカオに駐在するポルトガル商人から調達しなければならない。

また同会の重点方針は信者の教育・福祉にあった。教会・習練所・病院・孤児院・セミナリオなど、施設の建設とその維持費用、信者間の組織網立ち上げとその維持、宣教師やその案内人の布教活動用旅費・宿泊費用等々で副管区の会計は慢性的な赤字だった。

そのためツヅは、本部の反対にも拘わらず貿易による利益拡大に力を入れた。秀吉や家康などからの依頼による貿易代行の他にも、生糸の価格決定の関与などへも精力的に関わった。

また同会自身直接手を下さなかったとはいえ、ポルトガル商人達の奴隷の売買など、あくどい商売から得た寄進金にも頼らざるを得なかった。

当時ポルトガル商人達は、アフリカ黒人を新大陸に奴隷として売買するだけでなく、アジア人など黄色人種の売買にも手を染め、ある統計によると、当時国外に売られた日本人は数万にも及んだという。

同会にとってまずいことに、当時の一般日本人は、イエズス会の宣教師やその関係者とポルトガル商人との区別がつかず、また商人達もしょっちゅう教会に出入りしていたから、非道な奴隷貿易をするのはポルトガル商人、すなわち同会会員・同会信者と思い込みすらしていた。

このイエズス会の貿易による収益主義は、対立するスペイン系のフランシスコ会、ドミニコ会など托鉢修道会からさらに強く批判され、また諸大名もしだいにツヅの政治介入を批判するようになった。

家康とフランシスコ会の接近と、それによる相対的なイエズス会の地盤低下に危機感を覚えたイエズス会の日本司教ルイス・デ・セルケイラは、一六〇六年伏見で家康と接見。翌年には日本副管区長フランシスコ・パシオと共に駿府の家康と江戸の秀忠を訪問。両者から厚遇を受けたため、この分ならキリシタン禁制の解かれる日も遠くあるまい、との一時は楽観的な展望を抱いたりした。

しかし、日本の為政者の政策は彼らの楽観主義を逆なでするような形で顕著に現れ始めた。

特に長崎を幕府直轄地とし、長崎奉行と長崎代官を派遣するようになった家康は、関ヶ原戦以後、幕府での直接海外貿易に乗り出し、糸割符制度導入による外国人商人排除、日本人の特定商人の保護に専念するようになった。

〔三〕　世界の波、日本近海へ

有馬晴信の手紙の内容を精読し、顔を上げると、家康の目の前に東南アジア海域の図が浮かんだ。今夏引見したオランダ使節から献上された精密な陸海図だ。それによると今自分が統一しつつあるこの日本はなんという小ささだ。なんと他の国々、島々に取り囲まれていることか。しかもその国々、島々が、じりじりと日本に接近してくるような気さえする。

「うるさきことよの」

晴信の長崎奪還希望には、長崎、平戸ばかりでなく、マカオを含む広い東南アジアの海域内のポルトガル、オランダ、イギリス、フィリピンを含むスペインと明《みん》、そして我が日本の複雑な勢力争いがからんでいる。

「やはり按針を交えた外交担当者の話をよく聞くべきじゃな」

按針、藤廣、晴信、それにイエズス会のツヅ、と家康は指を折った。

「そうそう、それに正純。奴はコンセクンドノ、と南蛮人に呼ばれる外交担当者じゃった」

家康は、つい先日、御宿浜に漂着したメキシコ貴族で前マニラ総督ドン・ロドリゴが親し気に呼んだ外国奉行としての正純の呼称を思い出した。

有馬の申し立てを取り上げるか否かではなく、問題はその後の処置である。

晴信は、あくまでポルトガル船の船長を駿府まで呼び立てよと請願しているが、その要請を受け入れたとして、単にその者の罪をただしたとて、なんの益にもならない。彼の謝罪は、その代理人たるマテオ・レイタンの駿府参上ですでに一応受け入れた。それをさらに呼び出すということは、下手をすれば、ポルトガルとの国交断絶にまで及びかねない。

ひと昔前だったら、ポルトガルとの貿易断絶は日本の対南蛮貿易全部の断絶につながったかもしれぬ。が、今やマニラからのスペイン船あり、また今夏のオランダ船来航もあり、ポルトガル貿易遮断がすなわち対ヨーロッパ貿易断絶にはつながらない。

その反面、これまでポルトガルとスペインが貿易路確保のため日本の外海を警護していてくれたからこそ、家康としては安心して国内統一に専念してこられたが、いったん自主貿易を宣言すれば、その防衛網がなくなる。ということは、これからはスペイン、オランダその他の外国からの脅威を直接受けることになるわけだ。

するとこれからは、日本の海域の安全を、自主防衛を、自分が、徳川幕府が、我が手で確保しなければならぬ。

いや、この機会にポルトガル、スペイン、オランダ、互いに敵対するヨーロッパ三国に対し、我が国の存在を単に安全確保ばかりでなく、ひときわ有利な立場に置かなければならない。

さてどうするか。

考えているうちに一人の男の顔が浮かんだ。

そうじゃ、と片膝を立て、まさずみ、まさずみ、といつもの本多正純を呼んだ。

「そちの家臣の岡本大八は、たしか以前は藤廣の家臣じゃったの」

「さようにございます、長崎奉行長谷川藤廣殿の家臣でございましたが、藤廣殿のたってのご依頼で、ただ今は拙者の預りとなっております」

と正純は答え、それがいかがなされましたか、と首を傾げる。

「いや、大八もたしかキリシタンよの。いったい我が城内の家臣、奥女中共、足軽共などキリシタンは何人おるのじゃ」

「しかとはわかりませぬが、イエズス会、フランシスコ会に属します方々合わせて二十人ほど。中でも鉄砲組頭の原主水《もんど》も熱心な信者の一人とか」

原主水は本名原胤信《たねのぶ》。「胤」の字でわかるように、鎌倉時代以前の房総半島の名門千葉家の系統で小田原の後北條《ごほうじょう》家に仕えたが、秀吉の小田原征伐で没落。その後、家康が小姓に取り立てた。関ヶ原戦前後にキリシタンに改宗し、洗礼名ヨハネ。

「二十人か…　結構おるの。城下には南蛮寺も二カ所にあると聞くが」

「さよう、一寺は駿府城下のイエズス会の、もう一寺は安倍川河口近くのフランシスコ会の寺、と聞き及びまする」

「ドン・ロドリゴの謁見の際の通辞はイエズス会のポッロじゃったが、儂への請願文はフランシスコ会の連中の翻訳とのことじゃったの」

「はぁ、何故さように両会司祭を使い分けたのか不明ですが。と申しますのも、両会は元々互いに相容れぬ会派らしゅうございまして、ドン・ロドリゴはフランシスコ会所属の熱烈な信者とのこと、大御所様謁見の折のポッロ殿の通辞には、時折不満な顔をしておりました」

その他にも、と言いかけて正純は口ごもった。おたあ様も、でございます、とつい言いかけたのだ。それを察し、家康は正純が言い出さぬうちに先回りして言った。

「おたあは、いくつになった？」

おたあ、史上では「おたあジュリア」と呼ばれる稀有な運命を辿った女性である。

おたあは、秀吉の文禄の役の頃朝鮮で生まれた。戦乱で親族を失い、戦場をさまよっていたのをキリシタン大名の小西行長に保護され日本に連れて来られた。

関ヶ原戦後、小西家が滅亡すると、憐れんだ家康が駿府に引き取った。色白で美貌、利発な女性と評判だった。

「十四か十五、と。ご本人も定かではなさそうで、なんせ朝鮮生まれで、当時はご記憶も言葉も不明だった上、親兄弟もなく、戦場で救われたとのことでございますれば」

正純は、おたあを拾った小西行長の名を出さずに言った。また彼女に敬語を使ったのは、家康が彼女の利発さと美貌を愛でて、二言目には「おたあは、おたあは」と自分の娘のようにかわいがったからだ。

この分でいくと、大御所様は、まさかご自分の側室にするとは仰せにならぬだろうが、数あるご養女の一人に取り立て、いずれは誰やらの大名の正室として送り込むおつもりやもしれぬ、と正純は推測していた。

正妻を早くに亡くし、若い側妾《そばめ》を数多く蓄え、七十歳に近くなった今も若い女と見れば、「駿府に参れ」と声を掛ける家康。そのため、おたあを大御所様の側室、と陰口をきく者もいたが、彼女の深いキリスト教信仰心と、もし家康ならずとも誰かの側室に、と持ち掛けられでもしたら直ちに自害するつもりでいるのは、家康の最側近である正純にはよくわかっていた。

「そうじゃ、おたあを呼べ。このところ顔を見ておらぬ。息災かの」

ただ今、と正純は奥女中におたあを呼びにやった。

やがて、おたあが軽やかな足取りで姿を見せた。縁先で膝をつき、深々と頭を下げる。初冬の温かい日差しに、長い束ね髪の間から白いうなじが覗いた。薄紫色の牡丹を大きく染め出した辻が花染めの小袖に白い打ち着を腰に巻いたあでやかな姿は一幅の絵のようだ。

家康の顔がほころんだ。

「おたあ、このところ顔を見ぬ間にまた一段と…」

美しうなったの、と言いかけて家康は、大きうなったの、と言い直した。

その匂い立つような清純な色香に心迷う男も多かろう。だがこの娘ばかりは欲得抜きで守ってやりたいものじゃ。儂としては稀有な感情かもしれぬが。

そう思う家康の声音は、あくまでも優しかった。

「おたあよ、何をいたしておった？」

「天なるおん主《あるじ》デウス様に祈っておりました」

「祈るか…　何を祈っておったのじゃ？」

「大御所様のご長命と、この地にさらにキリシタンが根付きますように、と」

おたあは流暢な日本語で言った。近頃は、駿府言葉の「ごせっぺえ」も覚えて的確に使うそうだ。因みに「ごせっぺえ」とは「御所っぽい」の三河方言で、御所のように清潔で、清々しい、という意味だが、この言葉はまさにこのおたあにこそふさわしかろう。

おたあは呼び出されたこの機に、と思い決したらしく顔を上げた。

「大御所様、お願いがござります」

「うむ？　何じゃ」

「ご城下の南蛮寺にお参りすることをお許しくださりませ」

「何故じゃ？　そちは今でも城内にバテレンを呼んでは他のキリシタン共と祈りをあげておるそうではないか。…そもそも城下には何人のキリシタンがおる？」

「さぁ…」

と首を傾げたおたあは、急に目を輝かせた。

「何人の信者がおられるか、それを確かめるためにも、このおたあをご城下の南蛮寺にお遣わしください」

「はは、うまく言いよったの。…正純、城下のキリシタンは何人ほどじゃ」

「ざっと二、三百人かと。わずか一日で百名もの民が信者になった、という月もあるように聞いております」

「両派併せて二、三百人か…　それにしても、多いの」

わざわざ前マニラ総督ドン・ロドリゴが、キリシタン宣教の請願のため偽装漂着などという命の危険を冒してまで来日せずともよかったじゃろうに。

家康は、おたあに向き直った。

「おたあよ、そちが南蛮寺に行くのは許さぬ。当分は城内だけで祈っておれ」

おたあは頭を下げたが、不服なのは容易に顔を上げぬ様子からも見てとれた。

おたあを下がらせた後、家康は胡坐《あぐら》の腿に右肘を立てた。左手に持った扇子を半ば閉じたり開いたりする。

おたあ、原主水、岡本大八、その他家中の侍共、奥女中共のどこまでこの執念深い異国の宗教に心を蝕まれておるのか。この宗教は太閤が危惧したように、ただ単に天上の神を拝するだけではない。自分らは気付かずとも、エスパニアの世界支配の道具として使われておるのだ。

今や、きゃつらの日本宣教を容認するどころの話ではない。むしろこっちがきゃつらの侵入を防がねばならぬ事態なのではあるまいか。

これは容易ならざる事態じゃ。何か起こる前に手を打たねばなるまいて…

〔四〕マドレ・デ・デウス号襲撃

家康の漠然とした予感が的中したのはそれから間もなくだった。

慶長十四年の暮れも押し詰まった師走の二十日過ぎ（一六一〇年一月半ば）、長崎から大事件勃発の報が入った。

同月九日、有馬晴信が長崎港に停泊中のマカオからのポルトガル船マドレ・デ・デウス号を襲撃した、というのである。

その二日前晴信は長崎に赴き、「長崎奉行長谷川藤廣殿と拙者は糸割符の権限を大御所様から与えられている」、と同船の司令官と積荷に関しての交渉に取り掛かった。

しかしこの司令官は、ここ数年日本との間で様々な曰く因縁のあるアンドレ・ペソアだった。

ペソアは、その年長崎に入港する以前から、自身が駿府に赴こうと決意していた。マカオでの日本人処罰事件を謝罪し、五年前の糸割符制発布前の日本・ポルトガル貿易再開請願のためだ。

この新制度発布は、自国貿易を優先する幕府の意向が原因であることを熟知していたからだ。

いずれは自分が我が同胞の窮地を救わねばならぬ、と決意しての今夏来航だった。

が、結局長崎のイエズス会と長谷川藤廣奉行の差し金でその希望は実現しなかった。

代わりに同船事務長のマテオ・レイタンを派遣、家康に謝罪させた。

その結果、謝罪も受け入れられ、日本人商人のマカオ渡航も中止されたが、肝心の糸割符制の見直しは認められなかった。

それゆえ晴信からの申し出は、彼にとって、まさに「渡りに船」の交渉、と思われた。

しかしいざ交渉の卓につくと、あまりにも双方の思惑の隔たりが大きすぎた。

幕府の、すなわち長崎奉行の許可がなければ、晴信の仲介程度では合意にこぎつけることは不可能だ、ということが判明したのだ。

晴信にも、初めからそれはわかっていた。わかってはいたが、彼はむしろペソアとの協議が破綻し、武力衝突になることを望んでいた。武力に訴え、勝利すればその功により恩賞として長崎を我が手に取り戻すことができる。そう確信していた。

自分の以前からの執拗な請願に対し、うんざりした家康からの、

「そちとポルトガル人は同じキリシタン、マカオで殺されたのは我が家臣にあらず、そち自身の家来と聞く。じゃによって、そちはやりたいようにやったらよかろ。が、それはあくまで最終手段としてじゃぞ」

とのあいまいなポルトガル船襲撃の許可を得た晴信は長崎に急行、ペソアとの交渉の傍ら藤廣との協議に入った。

晴信は藤廣に持ち掛けた。

「長谷川殿、今年もポルトガル商人達は江戸・京都など我が国の商人達に商売を独占され、自分らにはあまりにも利が薄い、と不満を溜めております。そしてその不満の矛先は、ひとえに長

崎奉行たる貴殿に向けられておりまする。ですから、貴殿がいくらきゃつらの懐柔策をお取りになりましても、彼らは『また騙されるのではないか。あるいはもっと理不尽な要求を押し付けられるのではないか』と疑い、貴殿との交渉には乗ってこない。で…」

「で？」

「この際、貴殿は表に出ず、貴殿のお役目をこの晴信に任せてはくれますまいか」

「何か貴殿に策はおありか？」

と藤廣は訊いた。晴信はその藤廣ににじり寄った。

「まず、拙者自身イエズス会の長崎住院を訪問するつもりでござる。『こたび自分は大御所様からの強い権限を頂戴した。それによりポルトガル商人の不満を宥和する一計も講じた。ついては今回のマカオ船の船長であり、マカオの最高財政官でもあるアンドレ・ペソア司令官とサシで交渉したい。必ずや貴公らマカオ側にとり不利な交渉はしない』と申し入れる」

その策を聞いた藤廣は渋い顔をし、言下にその提案をはねつけた。それは長崎奉行たる自分を差し置く越権行為そのものだからだ。

「有馬殿、失礼ながらそれは長崎奉行たる拙者のお役目でござる。拙者にお任せいただきたい」

余計な差し出口をするな、と言わんばかりのその藤廣の言葉から、自分をないがしろにし、ペソアへの直接対処を図る藤廣の意図を知った晴信は、先手を打つべく事を急いだ。

師走十二月九日（一月三日）払暁、藤廣には内密に、晴信は三十艘の船で長崎港に停泊するマドレ・デ・デウス号を取り囲み、攻撃を開始した。

しかし、晴信の予想に反してペソアの抵抗は頑強だった。降参するどころか大砲などの重火器で反撃してくる。さすが南海で幾度もオランダ艦隊と戦ったと聞く海戦の猛者だ。

戦闘三日目の十一日、晴信は使者をペソアの下《もと》に送り、口実として再度の交渉を持ち掛けた。

「それが実現するなら、我が息子のイグナシオを人質に与えてもよい」

との譲歩をちらつかせさえした。それほど晴信は旧領の長崎を取り戻したかったのだ。さらには前年のマカオでの自分の船と乗組員の受けた損害への賠償も要求したかった。

一方その交渉内容を知った藤廣は驚愕、至急次の手を打った。

ペソアに使者を遣わし、晴信には糸割符交渉上なんらの権限も持たないこと、その権限は万事長崎奉行たる自分、長谷川藤廣が委任されていることを伝えさせた。

さらに、もし幕府の要求する価格での全生糸売却が行われなかった場合、司令官の命は保証されない、とも付け加えた。

日本側の足並み不揃いを見抜いたペソアは、嵩《かさ》にかかって、さらに強硬な要求を突き付けてきた。晴信にだけ交渉受諾をほのめかし、その保証として晴信の息子のイグナシオ以外にも、藤廣の甥の権六や長崎代官村山等安《とうあん》の息子まで人質として差し出せ、という。

他方、ポルトガル商人、晴信、長谷川、三者の間に立ったイエズス会は困惑した。ツヅを通して三者を和解させ、問題解決に導こうと右往左往したが、結局どうにも身動きできなくなった。

このままではラチが明かぬとあせった晴信は、ついに慶長十四年十二月十二日（一六一〇年一月六日）、待機していた兵船三十艘と千二百人の兵でマドレ・デ・デウス号への攻撃を開始した。半日の激戦の末、ペソアは火薬庫に自ら火を放ち自船を爆破、自分も自沈した。

「このままではまずい」

藤廣は腕を組んだ。このまま晴信に功を誇られ、大御所様に「こたびの手柄、なにとぞ旧領返還のよすがに」と訴え出られては敵わない。いかがすべきか。

そうじゃ、と膝を打った。大八じゃ。

その岡本大八は長崎にいた。

晴信のポルトガル船交渉の経過監視のため、本多正純の命で長崎に急行したのだ。マドレ・デ・デウス号爆沈を見届けると、その足で江戸に報告のため戻るつもりだった。が、この機会にと、久しぶりに長崎イエズス会の教会へ顔を出した。彼はこの教会で受洗、洗礼名パウロをもらった。この機をはずすとなかなかここに来る機会はない。

長崎に比べ駿府では、キリシタンは数少なく、また駿府城下の教会にはあまりなじみがなかった。それにさほど厳格な取締りはないとはいえ、キリシタンにあまり寛容ではないと聞く大御所様膝下の駿府で教会に赴くのは少々人目を憚《はばか》る行為だった。

旧知の信者たちが次々に近寄って懐かしそうに挨拶をする。その人々とつい先頃、盛大に祝っ

たという「おん主《あるじ》の降誕祭」（クリスマス）のミサの話をしていると、一人がやや声を潜めて、

「今年のミサは昨年ほど盛大にはできませんでした」

と言った。

「一昨年はもっと盛大でした。いえ、ツヅ様がおられた頃は信者が会堂に入りきれないくらいでしたし、おミサも華々しう行われましたから」

と言ったのはヨーロッパ人司祭や修道士に仕える日本人世話人（同宿）だった。

「あの頃は教会の財政も潤沢で、施療院の病人や孤児院の孤児達一人ひとりにびっくりするほどの贈り物もありました…　けれど今は…」

と言いかけた時、

「久しぶりじゃの、パウロ殿」

管区長のルイス・デ・セルケイラが近寄ってきた。

管区長はこの時五十七歳。滞日十年を数え、日本事情、日本語にも充分精通していた。一五五二年ポルトガルのアルビトル生まれ。一五九四年リスボンで第五代日本司教に任ぜられ、慶長三（一五九八）年、伴天連《ばてれん》追放令下の長崎に上陸。日本人聖職者の養成と布教活動に努め、教会法の遵守、婚姻、祝日、断食など日本人向けに『サカラメンタ提要』（一六〇五年）を作成し、日本最初の信心会《コンフラリア》を組織した。

その一方、ポルトガル人による日本人の人身売買を破門の厳罰で禁止。一六〇六年伏見で徳川

家康に謁見、また本多正純、板倉勝重、細川忠興に教会の保護を求めるなど、しだいに締め付けが激しくなる教会の防波堤となっていた。

「近頃はホンダマサズミドノの家臣としてオオゴショサマのおられるスンプに？」

「はい、パーデレ様」

大八はうやうやしく頭を下げた。

「長崎奉行のハセガワドノに会いましたか？」

セルケイラは、大八が元長谷川藤廣の家臣だったこと、その長谷川もここで入信し受洗したことを覚えていた。

「駿府に戻る前にご挨拶申し上げるつもりですが、お奉行殿はこちらには？」

セルケイラは首を横に振った。

「近頃は当会にはほとんど見えません。なんでも、ドミニコ会の教会に顔を出されておられるとか」

「ドミニコ会に、ですか？」

ドミニコ会はイエズス会と対立するスペイン系托鉢修道会の一派だ。

「そうです。あの例の絹糸の買い付けをこれまで先買権を持っていたポルトガル商人の手からキョウトやエドの日本人商人に先に与えるというオオゴショサマの新しいやり方、イトワップ制ですか？　これを実行するためには、我が会やポルトガル商人と対抗するスペイン系のドミニコ会に近づく必要があるからです」

セルケイラは両手を広げ、肩をすくめて見せた。

「それにお奉行様は、フィラド（平戸）のオランダ人とも何やらご書面を取り交わしておられるとか」

「オランダ人とも、ですか？」

セルケイラの言葉に大八は驚いた。が、すぐ、さもありなん、と思った。

権力に近づくためには、どんな手段をも選ばない旧主の処世術を改めて思い起こしたのだ。妹のお夏の方を家康の側室にしたのも、世間ではお夏の方が側室になったから藤廣殿は取りたてられた、と思っているようだが、実は妹の出世が藤廣の差し金だったことは側近だった大八がよく知っていた。そしてその策がまんまと功を奏し、しかもお夏が兄の意を汲んで家康の人事構想にまで口を出したことで、それまで北畠一族に仕えていた藤廣は満を持して家康の側近となったのだ。

そしてその三年後、首尾よく家康の対外貿易を一手に担う長崎奉行に抜擢され今日に至っているわけだが、最近はドミニコ会に接近し、さらに平戸のオランダ人とも接触しているという。いったい何を目論んでいるのだろう。

「我らはオランダ人とは決して相容れませぬ。彼らは悪魔の手先です。ですから、もはやお奉行様は我らとは違うお立場に立たれていると思います…」

セルケイラは大きく嘆息した。

二人の立ち話が終わりかけた時、信者の一人が駆け寄ってきた。

「パウロ殿、こちらにおられましたか? お奉行様のお使いが探しておられます」

藤廣が大八の長崎下向を知り、屋敷へ伺候せよ、というのだ。たった今、その藤廣の噂をしていた大八とセルケイラは思わず顔を見合わせた。


「大八、久し振りじゃの。大御所様や本多正純殿は息災かの」

大八が何事ならんと旧主の屋敷に伺候すると、藤廣は彼の顔を見るなり言った。

遠い長崎での自身の働きは、折にふれ中央へ報告してもらわねばならぬ。それには、大御所の全幅の信頼を得ている本多正純の家臣となっているこの岡本大八に存分の働きをしてもらわねばならない。

大八も、その藤廣の内意はよく心得ていた。

もっとも、大八の父祖の岡本家は長谷川家代々の家臣ではない。大八は与力(江戸時代の町奉行の補佐官として行政・司法・治安にあたる役職ではなく、それ以前の戦国大名間の戦の際、加勢に駆けつける豪族で多くは「寄騎《よりき》」「寄子《よりこ》」の字が用いられた)だった岡本八郎左衛門の息子だった。徳川臣下で出世するにつれ、家臣不足に陥った長谷川家の家臣となり、さらに藤廣の命で本多正信・正純父子の臣になった。

すなわち大八は藤廣同様、徳川家が天下を制し勢力を拡大するにつれての家臣団拡張の動きに乗って家運を上昇中の岡本一族の、いわば希望の星であった。その経歴からみても、大八が家康最側近本多正純の臣では飽き足らず、さらに家康直属の直参旗本を究極の出世目標に、と思うのもこの時代不思議ではなかった。

その密かな究極の目的達成には、まずこの藤廣の不興を買ってはならない。藤廣は大事な出世の階段の第一段だ。

「殿、お久しぶりでござる。拙者、こたび有馬殿のお目付け役として本多正純様のご命令で当地に罷り越しました」

「大八、先般の有馬殿のマカオ船撃沈をそちはどう見た?」

挨拶抜きで藤廣は咳き込んで訊ねた。

「はい、さすがでござりました。最後の爆沈の際は殿もご覧になっておられたと存じますが、これまでのどの戦でも見聞したことのないような戦でござりました。かの爆沈の際の轟音と火柱は島原の普賢岳の噴火のようじゃった、とは土地の古老の話で…」

「真にのぅ。巨大な南蛮船があのように燃え盛る様は、まるで話に聞く火山の噴火を見ているようじゃった」

奉行所から遠望した藤廣も、その場の光景を追体験して首肯した。

が、それにしてものぅ、と藤廣は膝を進めた。

「いくら図体の大きな南蛮船とは申せ、たった一隻、それを取り囲んだ有馬殿の兵船は三十隻、兵士千二百名。あっという間に陥落させられると思うたに、意外にも四日もかかるとはのぅ」

大八は藤廣の言葉に大きく頷くと、

「さようで。しかも殿もご承知の如く、有馬殿は三日目には敵の予想外の抵抗に策を変更、弱腰の体を見せられました… 戦闘を突如停止して、敵の司令官に使者を派遣、和平交渉を始められたなど、戦略家と評判の有馬殿とは思えぬ失策…」

「その上、撃沈までにチト手間がかかりすぎたのではないか? いくらそちの今申したように途中で策を変じたとしても、のぅ。そもそも中途で策を変えたにせよ、あの剛毅な有馬殿が四日もとは、手ぬる過ぎるとは思わぬか。あのご仁ならば敵を成敗《せいばい》するに一両日もあれば充分のはず…それが四日も、とはのぅ」

藤廣は「四日も、とは」に再度力を込めて言った。そして、さりげなく大八に問うた。

「そちもそう思わぬか。…ところでそちは有馬殿に会うつもりかの?」

「はぁ、あちらがさようにお申し越しで」

「何か魂胆があるのじゃな」

「おそらくは、それがしからご自分のこたびの手柄を本多正純様に報告させ、正純様から大御所様に申し上げて頂くおつもりかと…」

「大御所様からポルトガル船撃沈の褒美に長崎を有馬領に、と考えたのじゃな」

藤廣は先回りして言った。さよう、と頷いた大八は、さらに意外なことを言った。

「有馬殿はこの功で旧領を取り戻した上、殿のお役目であられる糸割符奉行の任をも我が手に移譲されたし、と大御所様に請願なさる魂胆、とそれがしには見受けられました」

藤廣はそれを聞いても驚かなかった。逆に、晴信の浅知恵よの、と内心ほくそ笑んだ。

なんの、こっちにはもっと新手の知恵がある。この際やつを葬り去る策がある。それには、この大八を使う。今こそこの男を使うのだ。こやつを本多正純殿の手の者にしたのもこの日のためじゃ。気の毒じゃが、そちを使うぞ。

藤廣は、大八の一見野心的だが底の浅そうな平べったい顔を盗み見た。

「それは有馬殿には絶好の好機じゃろう。何と申しても長崎奪還は一族の宿願じゃからの」

大八はいぶかし気に藤廣を見上げた。旧主のこの口調では有馬が長崎を奪還するのを喜んでおられるのではないか。そうなれば旧主は、目下辣腕をふるっている長崎奉行の地位も失ってしまうではないか？

それでもよい、と申されるのか。

藤廣はその大八の表情を素早く捉えたが、さあらぬ態《てい》で膝を叩いた。

「そうじゃ、そちは江戸に帰参する前に有馬殿に会うて祝意を述べて参れ。その際そちは有馬殿に、そちの仕える正純殿を通じ、大御所様に有馬殿のご宿願を直に伝奏できる、とはっきり申し伝えることじゃな。有馬殿のような外様大名が、畏れながら、と申し上げても大御所様はお取り上げにならぬかもしれぬ。それを正純殿のようなお方の口添えがあったならば、大御所様はたちどころに叶えてくだされよう、とな。それを聞けば有馬殿は大喜びで、そちに礼を尽くしてくれよう」

たんまり褒美がもらえるかもしれんぞ、と藤廣は付け加えた。

たんまり褒美ですか…

ですが、ただ今はお役目がございます。まずは大御所様と正純殿にご報告をせねば。

「その前に有馬殿に会うのじゃ。今を差し置くでない。急げ」

と藤廣は言った。

そういたしまする、と大八は何やら思案しつつ答えた。

第四章　慶長十六年　家康最後の大勝負

［一］　京での大仕事

慶長十六年三月（一六一一年四月）、家康は九男義直、十男頼宣《よりのぶ》を伴い上洛の途に出た。

駿府を三月六日に発ち二条城に入ったのが三月十七日。翌日には禁裏に対し徳川家の始祖新田義重に鎮守府将軍官を、父故広忠に大納言官を賜るよう申し入れ、即日後陽成帝より勅許を得た。もっとも父は「正」大納言でなく「権」大納言だったが。

また二十一日には九男義直に従二位右近衛権中将参議官位を、十男頼宣には同じ従二位左近衛権中将参議官位を、十一男頼房には従三位左近衛権少将官位を要請、二十三日正式な勅許を得た。

この時、頼房の付家老の中山備前守信吉は、

「義直君、頼宣君に比べ頼房君の御官位はなにゆえかように一階級低位に言上なされましたか？たしかに頼房君は御歳九歳、一番のご幼少でござる。さりながら義直君は十二歳、頼宣君は頼房君より一歳しか違わぬ十歳にあらせられる。また石高も上お二人がそれぞれ六十万石、五十五万石と同等であられるのに、頼房君はその半分にも満たぬ二十五万石。いかにも解せぬことでござ

る。しかも頼宣君と頼房君のお母上は同じお万の方様。お二人になにゆえかような差をつけられるのか、合点がいきませぬ」

と満面朱を注いだように真っ赤になって、今にも掴みかからんばかりに詰め寄った。

が家康は信吉には細かい説明はしなかった。

ナニ、これも将来の徳川家の屋台骨を慮《おもんぱか》ってのこと。家には大黒柱と二本の支柱があれば沢山じゃ。三本目はその大黒柱の添え木じゃ。将来、その三本が危うくなった時の大黒柱の添え木なのじゃ。今にわかる。

二十七日後陽成帝は第三皇子政仁《ことひと》親王に譲位。

この譲位までには一波乱も二波乱もあり、家康はかなり難渋させられた。

帝は太閤存命時から弟の八条宮智仁《としひと》親王に譲位との内意だったのだが、それが太閤逝去後、様々な事情からこじれにこじれたのだ。

周囲の公家共が政仁親王派、智仁親王派に分かれ勢力争いが絶えなかった。その上、帝ご寵愛の広橋局と左近衛少将猪熊教利《いのくまのりとし》をめぐる宮中内の度重なる乱痴気騒ぎもあり、それを知った帝は「首謀者の猪熊はじめ騒ぎに加担したすべての公家を厳罰に」との意向を京都所司代を通じて家康に強硬に申し入れてきた。

が、幕府が首謀者の猪熊のみを死罪に、残りの公家や女官を遠島処分にするなど、事件を穏便に収めようとしたのがさらに逆鱗《げきりん》に触れ、今度はガンとして譲位に首肯しなくなった。

この一連の騒動に裁定を託された家康は、これを朝廷制御の好機と捉えた。

「この段階でご退位はよろしくありませぬ」

と、帝の天邪鬼《あまのじゃく》ぶりを見越して譲位反対の具申をしたのだ。案の定、帝はその策に乗ってきた。突然の、それも智仁親王にではなく、政仁親王への譲位の表明だった。

「綸言《りんげん》汗のごとし。謹んで承った」

と家康はご退位宣下と同時に、上皇御所用に御料二千石を献上した。向後は禁中の政治にくちばしを入れてもらっては困る、との餞《はなむけ》というか、追い銭のつもりだった。

新今上（後水尾帝）は十五歳とお若いし、お考えも柔軟。この新帝を我が薬籠中の貴薬として用いる絶好の機会じゃ、と家康は思った。

「これからは儂が後ろ盾となり、徳川家のために働いて頂かねばならぬ」

家康は脳裏に忙《せわ》しなく新帝への入内《じゅだい》を果たせそうな年頃の娘達の顔を思い浮かべた。自身の娘達はみな側室腹の上、新帝の年齢に見合う年頃ではない。それに家康を忌み嫌う新上皇のこと、いくら新帝の妃で上皇様とは無関係と主張しても、これはとうてい受け入れてはもらえぬだろう。が、孫娘ならどうだ。四年前の慶長十二年秋に生まれた、秀忠と正妻江《ごう》の五女和子《まさこ》の顔が浮かんだ。そうそう、和子がおった。

秀忠は現在二代将軍。武家の統領だ。文句はあるまい。いや、文句など言わせてなるか。

和子は今は五歳であまりに幼いが、七歳になれば入内の資格は充分ある。いくら新帝の周囲に愛妾《あいしょう》女官が大勢いようとも、武家の統領の正室の娘だ。入内すれば皇后・中宮の地位はゆるがぬ。武家の家柄から禁中に入内した先例もある。平家の統領平清盛の息女徳子姫、その御子が安徳天皇だ。

将来和子の子が天皇になれば、徳川は安泰。しかも、江戸に居を構え続ける限り清盛のように京の公家共に取り込まれることはない。

ま、儂の目の黒いうちに曾孫が帝位につくことはまずあるまいが、秀忠の代には間違いなくその日は来る。いや、そのための布石じゃ。

家康は二条城白書院の縁に立ち、遠い江戸の空を、遠い先の世を見上げた。

その空はどんよりと花曇ってはいたが、降り出す気配はなかった。

その翌日二十八日、豊臣秀頼を二条城に招いた。

慶長十（一六〇五）年四月、秀頼が右大臣に昇進した機会に、家康は秀頼との京での会見を希望したが、今なお豊臣家が主筋、家来筋の家康から挨拶に出向くべし、と母の淀殿が強硬に反対したので実現しなかった。やむなく家康は、六男の松平忠輝を大坂城に派遣、秀頼に面会させただけでおとなしく引き下がった。

だが今回は帝の代替わりの慶事だ。家康の「共にお祝辞を」の誘いを秀頼が断るわけにはゆくまい。あれから六年、今はもうそれくらいの分別はできるはずの年頃だ。そろそろ二十歳か。

今回の申し入れにも淀殿は反対だったが、福島正則、加藤清正、浅野幸長が、また秀頼自身も

「大舅《おおしゅうと》殿にご挨拶を」と母親を説得、今回の上洛を実現させたという。

秀頼の妻は周知のごとく秀忠の長女千姫だ。

秀頼は前日の二十七日未明、織田長益《ながます》、片桐且元《かつもと》、大野治長など三十人ほどを随え、楼船で大坂城を出立。淀で一泊、二十八日早朝入京、片桐且元の京屋敷で衣服・隊列を整えた、という。

家康は、九男義直、十男頼宣に浅野幸長、加藤清正、池田輝政、藤堂高虎などを随伴させ伏見上鳥羽で一行を出迎えさせた。

大行列は五つ刻（午前八時頃）二条城に到着。二の丸御殿の車寄せで馬を降りた秀頼は玄関先に出迎えた家康に丁重な挨拶をした。その姿を目の当たりにした家康は内心絶句した。

まさに偉丈夫。これが真にあの太閤の倅かや。

身の丈六尺五寸（約一九五センチメートル）、体重四十三貫（約一六〇キログラム）の見上げるほどの巨漢。六尺二寸の藤堂高虎よりさらに大きい。

信長に「猿」と呼ばれ、並みはずれて小兵だった父親には明らかに似ていない。が、彼の祖父の故浅井長政とてかように大きかったろうか？ 秀吉同様小兵の家康が面と向かうと秀頼の胸まででしかない。

家康は「先ず、先ず、これに」と秀頼をお成の間へと先に立たせたが、秀頼は深く腰をかがめ「ご長老こそ」と家康を先に立てた。

なかなかの分別じゃ。淀殿にわがまま一杯に育てられた若者と侮ってはならぬ。これまでの儂の対大坂戦略も練り直しが必要かもしれぬ。

お成の間には故太閤の正妻、高台院おね、がすでに臨席していた。

まずは「三献の祝」として家康から秀頼に盃を与え、大左文字《おおさもんじ》の刀と脇差を贈った。秀頼も返杯し、一文字の刀、左文字の脇差を贈った。次に高台院も盃を受けた。この後、酒や吸い物など豪華な昼食が供され、会見は二時間ほどで終了した。

随行の将も次の間で饗応を受けたが、加藤清正だけはその席につかず、終始無言で秀頼の斜め後ろに控えていた。

「清正、こいつはなにゆえ秀頼に付き添っておるのじゃ。やはり二心あるのでは?」

家康はこの期に及んでも清正を心底から信じることができなかった。

清正は秀吉恩顧第一の家臣と謳われたにもかかわらず、朝鮮出兵時から石田三成と不和になり、関ヶ原では徳川方として参戦した。それでも家康は彼の翻意を疑い、参戦を認めず、熊本留城を命じたくらいだった。

やつの本心はこの徳川の懐に飛び込んで、いざ、の場合、外の秀頼勢力と呼応し内側から徳川を打倒する長期戦略を立てておるのではないか。

今朝も義直、頼宣の付き添いとして伏見上鳥羽で秀頼を迎えさせたが、いつの間にかその二人を離れ、秀頼の傍らに用心棒の如く付き従うておる。こやつは太閤一族への忠義を終生忘れることはあるまい。

いつか牙をむく。

それと今日は病と称して随行しなかった福島正則。京の街道筋を一万の軍勢で固めて変事に備える、と言ったそうじゃが、ナニ口実はいくらでも作れる。

正則も関ヶ原戦では我が軍に加担したが、その後も本姓は豊臣姓のままらしいし、慶長十三(一六〇八)年、秀頼が病を得たと聞くや、見舞に大坂城へ駆けつけておる。

慶長十四年、家康が諸大名に義直が入る尾張名古屋城の普請を命じた時も、正則は清正に、

「なにゆえ我らは大御所の側室の倅ごときの城普請まで手伝わねばならぬのか」

と愚痴をこぼしたそうじゃ。これに対し、清正は、

「嫌なら領国に帰って戦の準備をしたらどうじゃ」

とたしなめたという。二人だけの話のはず、と両人は思うたじゃろうが、ちゃんと儂の耳に入っておる。

その後間もなく諸大名を駿府に集めた折、いかにも話のついでを装うて、

「そちら近頃は儂のたっての頼みの城普請に甚だ疲労、との由漏れ聞こえる。苦しうない。疲れた将輩《しょうばら》は、疾《と》く疾《と》く国に帰るべし。帰りて後は、城の壁を高うし、堀を深く浚《さら》い、首をよう洗うて、儂の到着を待つがよいぞ」

と申してやった。それを聞いた両人の狼狽ぶりと申したら…

二人ばかりでない。その時の他の大名共の面つきは思い出しても片腹痛いわ。結果帰国した者

は一人もおらぬどころか、にわかに総勢二十万もの人夫を差し出して参った。

が、いずれにしても正則、清正、二人の成敗は時間の問題じゃな。

家康との会見後、秀頼は父霊を祀った豊国神社を参拝、同地内北側の、慶長伏見地震で倒壊、目下再建中の方広寺を視察したという。

その時も清正は、頼宣とともに秀頼の豊国神社参詣、鳥羽までの見送りに随行した。

その後、秀頼が大坂城へ戻る途中、清正は自邸の伏見屋敷で歓待したという。そこで何があったか儂自身はよう与《あずか》り知らぬが、ま、太閤の昔話なんぞしおったのじゃろ。

あの後、大坂の上下万民、京・堺あたりの畿内の庶民も、我らの会見が何事もなく終わり、天下泰平の世が到来したと大喜びじゃったそうな。おそらく二人の会見をみな固唾を呑んで見ておったのじゃろうて。


それら一連の肩の荷を三月中に下ろし、四月に入ると、家康は二条城から伏見城への往還を繰り返し、その間、高野山の高僧三十人の講義を聴聞したり、諸大名の挨拶や贈品を受けたり、茶の湯、能を堪能するなど、気散じに明け暮れた。

四月十二日、一転、威儀を正して参内。将軍秀忠の名代として後水尾帝ご即位を裹頭《かとう》（黒い薄絹で頭部を包むこと）で拝観した。

後陽成帝の御代が二十四年も続いたのじゃから、太閤と言えど、帝ご即位の儀式は拝観できなかったろう。儂は果報者よ。

その賀式拝観直後、家康は同じく参内のため上洛した西国外様大名二十二名を二条城に集め、世にいう「三ケ条の条々」を誓約させた。

その三ケ条とは、
一、源頼朝以後歴代将軍の定めた法令および今後徳川幕府の発する法令すべての遵守。
二、それら法度や上意に違背の輩の各大名領内での隠匿の禁止。
三、各大名自身の家臣が叛逆人、殺害人の場合もその拘置・隠匿を禁止。
というもので、これは慶長二十（一六一五）年に発布される「武家諸法度」に引き継がれるものだが、申し渡されたのは加藤清正、福島正則、細川忠興、池田輝政、島津家久、黒田長政、前田利常、毛利秀就《ひでなり》など主だった西国外様大名達だった。

唯一身内の人間としては越前福井北庄六十八万石の城主松平忠直がいた。

忠直は家康の次男結城秀康の長男で、かつ秀忠の三女勝姫を正室に迎え、また文禄四（一五九五）年生まれで、血統上叔父にあたる頼宣、頼房などより年長だし、秀忠の補佐としても心強いはずなのだが、家康はこの孫を終生身内扱いしなかった。

忠直は自分のみ外様大名扱いされたことで、

「祖父上様《じじうえ》、なにゆえこの忠直をば他の外様大名と同列に思し召されるのか」

と強く反発したが、家康は頭から忠直の抗議を認めなかった。

「どうもなぁ、あやつの目には狂気が見える。徳川一門の者として慢心させてはならぬ」

その家康の予言が当たったのか、慶長十七年から十八年にかけて、同藩ではたびたび家中騒動が勃発、その原因が忠直の暴政とされた。また大坂夏の陣では手柄を立てたものの、その後の論功行賞の不満から粗暴な言動が目立つようになり、遂に元和九（一六二三）年、秀忠より蟄居《ちっきょ》を命ぜられるに至った。

いずれにせよ、家康がそれら一連の大仕事を片付け、京を出立したのが四月十八日。駿府に帰城したのは十日後の同二十八日だった。

「やれやれ、我ながらようやったわ。これで少しずつ懸案が片付いてゆく」

家康は右手の拳で左肩をトントンと叩いた。


加藤清正が病に倒れたと聞いたのは真夏の頃だった。帝ご即位の参内後、熊本帰城への途次、船内で病に倒れ、六月二十四日（八月二日）熊本城内で死去したという。

「五十歳とはのぅ、惜しい若さじゃ。まさか儂の三ケ条の誓約で気鬱《きうつ》になったわけでもなかろうに。やれやれ気の毒なことじゃ。秀頼も頼みにしておったろうにの。思えば清正も偉丈夫じゃった。六尺一寸とか二寸とか。大男同士、秀頼も清正も互いに父子みたように思っておったかもしれぬ」

〔二〕　メキシコよりの使者到着

家康が帰駿して間もなくメキシコからの使者が浦賀に着した、との報が入った。前ルソン総督ドン・ロドリゴが一昨年秋、上総国岩和田沿岸に漂着、その際の日本側の救出、厚遇、日本船による送還の謝礼にメキシコ副王が派遣した返礼大使という。

家康の脳裏に、二年前のメキシコ人貴族を駿府で謁見した際の光景がまざまざと蘇った。

「なかなかの侍であったの。いい度胸をしておった。故国へ帰った後の彼の様子も聞いてみたいものじゃ」

ドン・ロドリゴの遭難は台風による乗船の難破漂着、と思われたが、

「本人はこの儂との会見のため偽装漂着したと言うており、儂にもその魂胆は読めた。で、その望み通り会うてやったが、ま、折角だが彼の要求を叶えてやるわけにはいかぬ。彼は自分の要求を、儂は儂のをそれぞれ言いっ放しで、結局は物別れじゃった。が、政治家として互いの国是をぶつけおうての会談はなかなか有意義じゃった」

結局、ドン・ロドリゴは家康との会見不首尾の後、臼杵で待機していた随伴船にも乗らず、アダムス造船の洋式船ブエナ・ベントゥーラ号でメキシコ帰着の途に着いた。

その際家康は、帰国準備金として四千ドゥカードを貸与し、メキシコに無事帰着したらその船を売却、返金と同行した日本人商人の帰国費用に充てよ、と申し添えた。総勢五十一人のスペイ

ン系船員に加え、京の田中勝介・朱屋隆成など日本人商人十七名を、この機に広い世界を見て参れ、と乗船させたのだ。

ドン・ロドリゴもこれに否《いな》を申し立てる権限はなかった。ただ、家康の任命したメキシコ、スペイン本国への友好親善大使をルイス・ソテロではなく、フランシスコ会日本管区長アロンソ・ムニョス司祭に、という希望は叶えられた。

メキシコに無事帰着後、彼らは家康の助言通りかの地で船を売却、メキシコ副王からの返礼大使用別船を仕立て、日本人商人達を乗船させての来航という。その大使はビスカイノという軍人上がりの商人とのことだった。

「今度の使者の謝礼言上より、楽しみは商人共のメキシコ土産話じゃ。我が国の産品がかの国でいかなる評価を受け、向後の貿易が有望か否か。いや、まずは日本人の手による太平洋横断が可能かどうか、一刻も早うに聞きたいものじゃ」

家康は商人のように揉み手をした。メキシコとの直接貿易が上手くいけば、これまでのようにルソンやマカオのスペイン人、ポルトガル人商人から高値の商品を買わずにすむのだ。

その揉み手のまま、本多正純を呼んだ。

「メキシコからの使者と京の商人共はいつこちらに参るのじゃ。こたびは遠い平戸や長崎でなく浦賀に着したと申すではないか。しかも儂は、やつらの報告を首を長うして待っておるのじゃぞ」

「はっ、彼らはまず江戸の御所様にご挨拶、その後、直ちにこちらに、と聞いております。何分大御所様は京よりご帰城になられたばかりでお疲れでは、と御所様のお気遣いでございます」

秀忠将軍在位中の事績を記録した「台徳院殿御実記」では江戸の将軍秀忠を御所、家康を大御所と区別している。

「いらぬ気遣いじゃ」

家康は苦々し気な顔をした。儂は京から駿府まで十日もかけてゆるゆる戻ってきた。その間に鷹狩、水練、それに名を借りた各地の視察をして参った。それこそが儂の休養よ。

「遠慮せず早うに参れ、と申せ」

早うに、と言いやったのに何をしていたのか、メキシコからの使者が駿府どころか江戸城に伺候したのは浦賀到着から十三日目の五月十二日正午頃だった、と聞く。

ドン・ロドリゴ登城時と比べ、国旗、副王旗を掲げた武装兵士に加え、太鼓など鳴り物を携えた水兵など三十名を越す大行列だったそうだ。しかも事前の打ち合わせでは何かにつけ我が国の礼式を無視、「メキシコ副王特使」の肩書を振りかざし、スペイン礼式で挨拶すると主張した由。

日本側が、

「さりともドン・ロドリゴはメキシコ副王の甥という身分ある貴族であり、前ルソン総督という政治家でありながら、御所様との謁見の際は辞を低うして我が国の礼式を踏襲された」

と主張しても肯んじず。将軍謁見と言えど我らはスペイン王や諸侯の謁見方式を固持、すなわち佩刀《はいとう》のまま、靴も脱がない。それが叶わねば使節言上を取りやめ、即刻帰国の上、この旨を副王に報告するのみ、と恫喝すらした、という。

儂への謝礼使節がさような尊大な振る舞いをなすとは、けしからぬ、とそこまで聞いた家康は憤慨した。が、ひとまずそれは腹に収め、結局、いかがあいなった、と訊いた。

「結局、双方が折れ合って、御所様と同じ床面でスペイン国王とメキシコ副王の名代として両王の書簡を読み上げ、贈品の献上もする。その後一段下がってから自分の贈品を捧げる、という形で決着した由にござります」

「会見後秀忠はどのような感想を述べておった?」

「大変ご満足だったと」

「当然じゃ。じゃが使節は単に感謝の念を表しに来たわけでもなかろう。それを口実に何を目論んではるばる参ったのじゃ?」

「さてそこまでは…」

それが肝心じゃのに、秀忠はいつもこれじゃ。外交の奥義とは、こちらの真意は決して相手に気取られず、相手の真意を見抜くこと。ま、儂が我が目で見て判断してつかわすわ。

「それには、いつこちらに参るのじゃ?」

「御所様へのお目通りの後、江戸の南蛮寺に詣でたり、江戸見物をしたりしておるとのことで。そうそうその往還途上伊達政宗公ご一行と遭遇され、親交を深められたとか…」

そこまで報告した正純は、家康の額にかんしゃくの青筋の立つのを見て、急いで付け足した。

「ただ京の商人共は御所様にご挨拶後、その足でこちらに向かったとのことで、おっつけ到着のはずでござります」


その待ちかねた商人共が家康に目通りしたのは五月二十日だった。

家康の財政・貿易顧問の後藤庄三郎の甥（氏名不詳）、京都商人朱屋隆成と田中勝介、堺商人山田助左衛門など主だった者達が家康の前に居並び、深々と頭を下げた。全員真黒く日焼けし、頬や肩もげっそり肉が落ちて、この一年の並々ならざる苦労を物語っている。

当初遅参をなじるつもりだった家康も、彼らのその憔悴しきった姿に声を和らげた。

「航海はいかがであった？ かの国の国情は？ 遠慮のう申せ」

はっ、と商人達は平伏したまま形ばかり膝を進め、

「予期せしとは申せ、道中の航海は筆舌に尽くし難いものでござりました」

と語り始めた。

往路に乗船した三浦按針築造船は、たしかに和船に比べ堅固な造りではあったが、わずか百二十トンの小型船。太平洋の荒波に翻弄され、さすがルソンやカンボジアへの交易航路に慣れた商人達も生きた心地はせず、「幾たび覚悟を決めたことでござりましょう」、と思い出すのも苦し気に言った。

「帰りの船はサン・フランシスコ号というメキシコかルソン製の船で大きくて安心でしたが、

それでも我が国に近づいた時は大時化《しけ》で、船底に大穴が空き浸水、その水を汲み出すやら積み荷を固定するやら全員総がかりでした。なにしろ船名がドン・ロドリゴの漂着船と同名でしたので、同じ難破の運命かと、肝を冷やしました」

「もはや二度と、かの地への渡海はしとうござりませぬ。もうコリゴリでござります」

と口々に言った。

その後一呼吸おいて田中勝介が口ごもりつつ意を決したように言った。

「それに大御所様のご意思に背くようでござりますが、メキシコにとりまして、我ら日本人のかの地への渡海は決して喜ばしいものでなく、むしろ迷惑とのことで、我らは二度とかの地を踏まぬ、との誓約書に署名させられました」

「何と申す、日本人のかの地への渡海はならぬ、と？　なにゆえじゃ？」

家康は片膝立てて身を乗り出した。

「ドン・ロドリゴは、我が国とメキシコとの交易が成れば、メキシコ＝ルソン間交易は廃しても可なり、とさえ申しておったではないか」

「たしかに、かの地ではドン・ロドリゴのお口添えもあり、大歓迎されました。副王様にもお目にかかり、大御所様からの贈品も珍奇な宝物として喜んで受領されました。が…」

が、何じゃ、早うに申せ。

「それは、かの地の国情によるものと察せられます。まず、かの地では我ら日本人に対する警戒心が異常なほど強うございます」

いまだに十五年前の故太閤殿下のキリシタン弾圧事件が尾を引いており、特に長崎で処刑された伴天連《バテレン》の中にメキシコ人修道士が一人含まれていたことが、彼らの恐怖心を掻き立てておりまする。あれは昔の為政者の話で、現在の為政者、大御所様は寛容な政策を取っておられる、といくら説明してもなかなか納得してもらえませんでした。

で、仕方なく、と勝介は脇に控える朱屋隆成と目を見交わした。

「手前がキリシタンになってみせたのです」

「勝介殿が一行を代表して、副王様およびドン・ロドリゴ臨席の下、首都の教会で洗礼を受けてくれました」

「副王様はいたくご満足で、手前にご自分の姓のベラスコを入れたフランシスコ・ベラスコという教名を授けてくれました。いえ、これはまったく心底から手前がキリシタンになったわけではなく、あくまでも便宜上のことで」

と勝介は大仰に両手を横に振った。我が家は先祖代々熱心な浄土宗信徒でござります。

「それでどうやら宗教上の疑いは晴れたようで。ただ、我ら日本人に、按針様のようなエゲレス人やオランダ人の手になる船でメキシコに大勢押し掛けられたら、自分たちの貿易手段まで脅かされると恐れだしたのです」

彼らは我らの船をつぶさに調査し、その見事な出来栄えにいたく驚嘆しておりました。大御所様がこれをメキシコで売却し、ドン・ロドリゴの負債と相殺せよと申されたので、高値で売却されたとのこと。

堺商人の山田助左衛門も口を挟んだ。

「その上、大御所様もご承知のように、メキシコやその本国エスパニア産品は本邦ではあまり喜ばれませぬ。逆にあちらでは、日本および東南アジア産品の人気が高く、これ以上放置するとあちらの大幅な輸入超過から国家財政は大赤字になる、と恐慌をきたしているようでございます。しかも噂では、近頃はあちらの銀産出量も年々減少しているとのことで、これまでのように世界中に銀の垂れ流しはできまいと」

ふむ、かの国の国情も変わってきておるのじゃな。

「ところで、今回派遣されたセバスティアン・ビスカイノとはいかなる人物じゃ？」

「セバスティアン殿はドン・ロドリゴのような貴族ではなく、軍人上がりの探検家だそうで、世界中の海を探検航海し、ルソンへも数回来ているとのことでございました」

「探検とはいかなるものを探索するのか？」

「様々な陸地探索、海岸線の長さや港の水深測量、地図作成、沿岸住民・海産物調査、などだそうです」

「海岸線の長さや港の水深測量、地図作成、とな…」

これは役に立ちそうじゃな。一つ我が国の詳細な地図など作らせてみるか…

「それと、こたびの我が国への返礼を機会に、今一つ目的がある、と。これはまだ内密のお話ですが…」

と田中勝介は言った。

「手前はキリシタンになったせいか、セバスティアン殿が特に目をかけてくれ、食事の際も同席を許されたくらいで、その時、内々に申されたのですが…」

聞けば今回の返礼大使は日本へ来た機会に「金富島」「銀富島」の探検を密命されているとのことでした。

「なんじゃ、その『金富島』『銀富島』とは?」

「仙台沖から数百里の太平洋上にある島々だそうで。古より西洋では『金富島』は島中の家々が金で、『銀富島』は銀でできていると言い伝えられている由にござります」

「さような島々の存在など聞いたこともないわ。が、それよりそちらが先ほど申した海岸線の長さや港の水深測量、地図作成、の方がよほど重大じゃ…」

家康は腕組みした。やがて顔を上げると、

「ようわかった。まずはその使節に会うて、それから按針の意見を聞いてみよう」

大儀であった、と家康は平身低頭する商人達を下がらせた。

スペイン国王、メキシコ副王の返礼大使セバスティアン・ビスカイノが駿府城に伺候したのはそれから五日後の慶長十六年五月二十五日（一六一一年七月五日）だった。

この返礼大使の登城の際のスペイン方式固執に、家康はそれほどこだわらなかった。

礼式より会うてみることが肝要じゃ。

面前に現れたビスカイノは、ドン・ロドリゴの面会時と同様な服装だった。これがスペイン貴族、軍人の礼装らしい。ひだ襟つき白い下着、袖なし中着の上にさらに金色の胸飾り付き黒長上着、真紅の天鵞絨《ビロード》製の半袴、釦《ボタン》止めの白い長靴下、鷹の羽付きつば広帽、拍車のついた靴、金色の剣、それに細身の杖を携えていた。

通訳兼案内人としてフランシスコ会の神父二人と以前家康からスペイン国王への使節と任命され、ドン・ロドリゴから排斥されたルイス・ソテロ神父が付き添っている。

家康の前でビスカイノは幾度も敬礼し、スペイン王とメキシコ副王の正式礼状を恭しく奉呈した。江戸城での秀忠謁見の際の日本側との激しい応酬で少しは懲りたとみえる。

その書状にはすでに金地院崇伝の訳文が添えられていて、それによると長ったらしい挨拶文の次に、ロドリゴ救出や彼の帰還の際に家康が贈った贈品への謝礼の言葉、さらにこれまでの宣教師やルソン総督からの書簡の常套文句と同じく、キリスト教の日本布教と宣教師の保護の懇請で結ばれている。しかし銀精錬工派遣とガレオン船操縦術の件への返答はなかった。

ま、当然の挨拶じゃな、と家康は半分読み飛ばしながら軽く頷いた。

むしろ、書簡の中身よりビスカイノが奉呈した数々の贈品の方が家康の興味をそそった。

まず半球の屋根が乗った四角い金属の箱。時刻を細かく知らせる斗景《とけい》（時計）という。正面に円形の文字盤があり、中央に長短二本の平たい棒がねじで止められている。その二本棒がゼンマイ仕掛で動き、各々の先端が時刻を表す文字を指し示す仕組みらしい。季節や昼夜を問わず一定の長さの時刻を表す。それに比べると和時計は季節によって変化する昼と夜をそれぞれ六等分した不定時法を前提としているので、夏と冬とでは昼夜の一刻の長さが相反することになる。

説明を聞いた家康は関ヶ原の戦いを思い出した。

あの慶長五年九月十五日の早朝は、夜来からの雨で視界がきかず、開戦の時刻を何刻にすべきか、相当悩んだ。かような時計があれば、事前に細かな予定が立てられ、抜け駆けや遅参など諸将の足並みの乱れを防げたものを… 今後これを用いれば、将来の大坂攻めや外国勢との戦にも細かな時刻合わせができよう。ただ…

「これを作るのはそちの国では容易《たやす》いのか？」

「この器械は大変な技術を必要とし、スペインでも王宮にわずか二台しか存在せず、それほど貴重な品をスペイン国王陛下はあなた様、ジパング皇帝にお贈りされたのです」

ビスカイノは贈品の貴重さを強調した。

なんじゃ、それでは諸将に配って合戦の折の時刻合わせには使えぬではないか。折角の贈品じゃが、実用にならねば儂の欲するものではない。

それよりこの「目器《めき》」と申す物、この方が便利そうじゃ。昔ザビエルと申す伴天連が大内義隆に献上したと聞くが、実物を見るのはこれが初めてじゃ。

家康は高坏から目器を取り上げた。二枚の扁平で丸い透明なビードロ玉が黄色い鼈甲《べっこう》で水平に連結されている。鼻に掛けると、両目の前にそれぞれのビードロ玉がピタリと落ち着き、その途端、目の前の南蛮人の顔が大きくはっきりと見えた。まるで若い頃の視力に戻ったようだ。

これは便利じゃ。うむ、これなら我が国でも製造できそうじゃ。ビードロ玉さえ作れれば、つ

スペイン国王より奉呈された時計

スペイン国王より奉呈された目器（眼鏡）[上]と筆記具[下]

なげるのなど細工の難しいものでもなさそうじゃし、早速城下の飾り職人に作らせよう。

それと、細い竹の中空に黒鉛を詰めて芯にした「ラピス」と申す筆記具、軽いし小さいので、これがあれば馬上でも矢立不要じゃろ。家康は紙を取り寄せ、ラピスの先端の黒鉛で線を引いてみた。何本も引いた。なるほど便利じゃ。

その他、家康の健康を祝すとした葡萄酒とタバコという薬草や国王一家の肖像画もあった。聞けば本人達そっくりだという。なるほど今、目の前にいる南蛮人達の高い鼻、落ち窪んだ目、顔色とほぼ似ている。

家康は、スペインの国王一家の肖像画に見入ったが、やおら使節に向き直り軽く頭を下げた。

「ドン・ロドリゴ救出に対するエスパニア国王、メキシコ副王の感謝の品、たしかに受領いたした。儂からもその礼として両国に使者を遣わす、と伝えよ」

すかさず脇に侍した本多正純がエヘンと咳払いした。退出の合図だ。それを聞いてビスカイノは深々と礼をし、いったん退出、廊下に出ると再び家康の面前に進み出た。

今度は総司令官として、ビスカイノ個人としての拝礼だ。席も先ほどより一段下に設けられていた。

家康もビスカイノの入室時、軽く頷いただけで、顔つきも先ほどより厳しくした。かの国の礼式通り、使者の身分、交渉の内容により待遇を厳正に区分したのだ。

金杯、セゴビア産黒羅紗《らしゃ》のケープ、それに様々なガラス製器物が献上された。家康は一瞥した後、

「ビスカイノとやら、そちは探検家と聞く。探険とはいかなることをするのか」

と訊ねた。ビスカイノは、はっと威儀を正し、

「探険とは一言では申し上げられませぬ。この国で私の探検がお役に立ちまするよう、それには皇帝陛下にいくつかのお願いの儀がございます」

と答えた。正純はこの答えを予期していたように、

「何か請願の趣きあれば書面にて申し上げよ」

と言った。大御所様には次のご予定が入っておる。

宿舎に帰るとビスカイノは、これはジョスケンドノにも知恵を借りよう、と思った。ジョスケンドノとは、メキシコから共に太平洋を渡って帰国した田中勝介である。彼ならこの国への渡海の最重要目的である大事な請願状奉呈の際の相談事に乗ってくれよう。あの強面《こわもて》のマサズミドノの攻略法も教えてもらいたい。正攻法では日本沿岸測量・金銀島探検、というこちらの真意を見抜かれて、請願拒絶の憂き目を見かねない。そのための贈品には糸目をつけないつもりだ。

が、勝介に相談すると、

「えっ、本多正純様に贈り物で請願の許可を頂く、ですか？　いや、却ってまずい。あのお方もその父上の正信様も一切の賄賂《まいない》をお受けにはなりませぬ。それがあの父子の大御所様へのご奉公なのです」

と即座に首を横に振った。そういえば、エドで皇太子やその家臣への贈品の際もマサノブ殿だけは決して受け取らなかった…

留守中、宿に訪問客があった。ジュリアという見目麗しい若い女性だという。用向きを訊ねると、一行の中の神父にミサを授けてもらい、キリストの図像やロザリオなどを頂きたい、という。

宿の者にその女性の素性を訊ねると、

「あ、おたあジュリア様でしょう、大御所様のお側に仕えるご身分の高いお方です」

朝鮮生まれの女性で、太閤様が朝鮮出兵の折、小西行長様に拾われ、関ヶ原戦の後、大御所様に引き取られたお方で熱心なキリシタンだとのこと。

そうか、その女性も何かの折には助けてくれるかもしれない。

しかしまずは請願状奉呈だ。この国に来た真の目的を果たすための請願を箇条書きにしたもので、これはかねて用意のものだった。初めは皇太子に奉呈し許可をもらうつもりだったが、この国の実情がわかってみると、この件は皇太子ではなく皇帝の許可がないと動けない、ということが判明した。これを再点検し、一刻も早く皇帝に提出しなければならない。

今ここで皇帝の許可を得ねば、何のために遥々この国に渡って来たかわからぬ。


二日後ビスカイノからの請願状が届いた。家康は広書院でそれを開きながら、あの男、ドン・ロドリゴとは大分面付《つら》きが違うと思った。むしろドン・ロドリゴに付き従うて来たあの折の船長に似ておる。ことごとくドン・ロドリゴに反抗しておったあの男よ。いや、面相ではのうて、やつらの体全体から臭う、胡乱《うろん》な臭いじゃ。

どれ、その怪しい男、何を言うて参ったか。

ビスカイノの請願内容は以下だった。

［一］ドン・ロドリゴ帰国時拝借の返金受領証交付。

［二］長崎～秋田間の海岸線とその海岸線上の港湾の測量とその作図の許可。これはルソン＝メキシコ航海に従事せるスペイン・メキシコ・ルソン船の嵐・海賊襲撃その他緊急事態発

生時、日本沿岸への安全な避難のためである。

［三］上記測量時予想される船体・船具の損傷修理用材の適切な購入および技術者への適切な報酬の許可。またその日本側責任者の任命。

［四］メキシコからの船載商品の浦賀における自由売却の許可。これは貴国の異国品売買における統制に反するような交易品の売却ではなく、もっぱら我ら使者一行の糧食と船舶建造・修理の費用に充てるためのものである。

［五］日本での自由なキリスト教布教の許可。

一読した家康は、［二］の測量の件は我が国として将来有利になるかもしれぬ、西洋の港湾測量技術はおそらく我が国より格段に進んでおるだろうし、彼らの測量時、日本の船手奉行にこの技術を学ばせることもできよう、と思い、それに付随する［三］［四］［五］も含め、請願は許可すると返答した。

ビスカイノ一行は家康の日本沿岸測量の許可を得ると即刻浦賀に戻り、所持品の売買後、関東から東北沿岸の測量に向かったという。

数日後、平戸より帰駿したウィリアム・アダムスは、ビスカイノの請願状を熟読し、さらに正純に内容を確認の上、膝を進めた。

「これは由々《ゆゆ》しきことにござります」

家康は、ハテ、と按針の顔を凝視した。

「何かそちの思案に引っかかるところでも？」

「大御所様は、これまで外国人に日本の国土を測量させたことがおありでしょうか？」

家康は首を傾げた。さようなことは儂もしたことがないし、古来聞いたこともない。

「ご用心遊ばせ。外国人が、いかなる事由にせよ、たとえ善意であるにせよ、相手の国の国土を測量すると申し出ても、金輪際お許しになってはいけませぬ」

なにゆえじゃ？

「それは、いざ国と国との争い事が勃発した際、相手の国土の地理、港湾の深浅、城の位置、兵器の配置などを事前に知っておけば、どのくらい戦いが有利になるか…」

そうじゃった、そうじゃった、と家康は思わず額を叩いた。儂としたことが思い及ばなんだ。これまでの国内戦では常にそれが念頭にきたのじゃが、つい南蛮人との交際は別物と思うてしもうた。そう言えば、ドン・ロドリゴが参って港の測量を請願した折も、この按針は用心せよ、と申したの。

思い返せば太閤の朝鮮出兵がそうだ。相手の国土、民情、気候、港湾、なにより日本海渡海の要件等々何も知らず出兵いたした。その結果があのザマじゃ。

「即刻測量中止の命を出さねばならぬの」

「それればかりではございませぬ。拙者が聞き及びますところでは、あの男は探検家としていったん未踏の地に足を踏み入れますと、先住民の意向を無視して勝手にその土地の名称を変え、スペイン王領、メキシコ副王領にしてしまったりする、とのこと。油断はなりませぬ。向後あの男を近づけるのは危険です」

アダムスは断言した。あの男はドン・ロドリゴとはまるで違いまする。

「それと、浦賀でメキシコからの舶載品を売却しようとしたらしゅうございますが…」

と正純も口を出した。長崎以外はご法度では？

「請願状では自分らの糧食・船舶建造・修理費調達のため、とありますが、実際はこれ以外にも貿易目的の売買をしておる由、浦賀の商人共が申し立てております。これは大御所様ご制定の糸割符制に反することでございます」

「するとやつの請願はことごとく我が国の方策に反するというわけじゃな」

さようでござります、と二人は同時に頭を下げた。

「[五]の件でも、用心せねばの」

と家康は自分から言った。近頃は城下でもキリシタンがだいぶ勢力を増大させておると聞く。おたあまで、儂の知らぬ間に使節の宿まで出向いたそうじゃの。やつらを野放しにしておくと後々後悔するようなことになるやもしれぬ。

その家康の予感が的中するような事態が翌年早々足元から発覚した。

〔三〕　岡本大八

本多正純からの報告によると、事の発端はこうだ。

慶長十七年二月（一六一二年三月）、九州の有馬晴信から本多正純に面会の要請があった、という。

今回の晴信の正純との直接面会要請は異例だった。二人の間の往来は、通常は長崎奉行長谷川藤廣の元家臣で、現在は正純の側近となっている岡本大八が担ってきていたからだ。

晴信の書状には、

「先のポルトガル船攻略の恩賞に関し、岡本大八殿より貴殿に近頃特別な請願がござったはずだが、その首尾は如何」

とあり、一読した正純は、ハテ？　と首を傾げた。

大八は、一昨年暮れの長崎でのマカオ船撃沈の一部始終を報告に江戸と駿府に来、長崎へ取って返した。が、折しも長崎へはマカオからポルトガル艦隊が到着、大八はその司令官ソトマヨールに同行して、再び江戸、駿府に戻って来ていたのだ。

ソトマヨールの幕府への嘆願書の内容は、先のマカオ船自沈の弁明と長崎奉行長谷川藤廣の罷免、船の賠償、それに一旦中止されたポルトガル貿易の復活を請うものだった。

「藤廣の罷免じゃと？　何の落ち度もなき者を罷免などできぬ。それに自沈した船の賠償じゃ？

勝手に自爆しておって、なんたる言い草じゃ。捨て置け」

と家康は一言の下に撥ねつけたが、貿易の復活には許可を与えた。ポルトガル船による中国産絹糸絹布の輸入が途絶えることは極力避けたい。

マカオ船自沈事件直後、藤廣と長崎代官村山等安の訴えによってイエズス会のポルトガル人神父、通称ツヅ、ジョアン・ロドリゲスをマカオ追放に処したが、追放してみると、彼の日本・ポルトガル貿易に占める貢献の多大さが惜しまれる。

「ま、追放したものは仕方がない。今更呼び返すより、ナニ、儂には按針がおる」

とりあえずマカオからの通商は再開しよう、正純、さように返書を認めよ。

この家康の決断で長崎のポルトガル船騒動は決着がついたはずだ、と正純は思った。

が、今更有馬殿は何を？

思い起こせば有馬・大村一族の長年にわたる領地回復の執拗な請願だった。

太閤存命時の天正十五（一五八七）年の「伴天連追放令」により、それまで有馬・大村一族の領地だった肥前島原一帯は豊臣氏の直轄領となり、関ヶ原戦後は家康の所領となっていた。

晴信は関ヶ原戦での徳川軍参戦、奮戦の見返りとして旧領地の返還を願ったのだが、長崎貿易の莫大な利益を知った家康はそれを手放すつもりはなかった。

しかし晴信は、折あるごとに幕政への自分の貢献を言い立て、さらに昨年の長崎ポルトガル船焼き討ちの功の見返りを迫っていたのだ。

大御所様のご返事はすでに通知ずみだ。にもかかわらず、執念深いヤツじゃ、と正純は重ねて思った。

それに今回の請願書には、委細は岡本大八殿に、とある。大八が何か仕出かしたのか？

しかも晴信の請願を大八を通じこの拙者に、とある。何のことじゃ？

晴信に面会の諾否を伝える前に、大八を呼んで詳細を聞きださねばならぬ。

正純は大八を呼んだ。有馬が大八を通じて自分に、そして自分を通じて大御所様に何か請願したいことがあるのか。

呼び出された大八の顔色が蒼白になった。

何かある。正純は確信した。

が、いくら問い詰めても大八は、ナニもござりませぬ、の一点張りだった。

さらば有馬殿に会うて請願の趣きを訊ねてみる、と脅しても、口を割らない。

正純は思案した。

もしかしたら、これは大変な事件になるやもしれぬ。さすれば正純自身の取り調べでは、後年どこから自分がつまらぬ嫌疑を被るかわからぬ。まずは大御所様にご報告の上、その裁量を仰ぐべきだ。

大八からも直接長崎事件の顛末を聞いていた家康は、今回の正純の報告を聞き、その取り調べを駿府町奉行の彦坂光正に任せた。

彦坂は、命じられたことはとことん実行する能吏だった。町奉行として町行政に精勤するばかりでなく、新田開発、伝馬制度や寺社の寄進、年貢取立てなど関わった任務をすべて十二分に実行している。彼なら大八の堅い口を割らせることができよう。

その結果が来ないうちに、しびれを切らした晴信が正純邸を直接訪問して来た。

奥に通された晴信は開口一番、

「大御所様からは、この晴信に対し貴公に何も仰せはないのか」

と問うた。

聞けば先の長崎事件の晴信への褒賞である。

ここでもまた、ハテ？ と正純は言った。空とぼけているのではない。そもそも長崎での晴信のポルトガル船攻撃は幕府が命じた戦闘ではない。いわば晴信とポルトガル船司令官との私闘である。

むしろ勝手に晴信が先走って戦を仕掛けたのだから懲罰を被っても文句は言えない。それをとがめだてされなかっただけでも大御所様のお目こぼしであり、さらに晴信の長男有馬直純には家康の養女国姫を嫁がせた、これが「褒美」のはずだ。

「したが…」

と晴信は詰め寄った。

「大御所様からあの折の恩賞として、我が旧領、藤津《ふじつ》・杵島《きしま》・彼杵《そのぎ》の三郡をご返還くださるよう貴公を通じてお沙汰があったはずじゃ」

正純には初耳だった。晴信は目をむいた。

「では岡本殿は貴公の耳には入れず、直接大御所様に請願してくだされたのか？」

「さようなことはあり得ぬ。仔細を伺おう」

正純は晴信の仔細を聞いて仰天した。

あのポルトガル船自爆事件を駿府に報告後、再び長崎に取って返した大八は晴信に面会、自分が旧有馬領返還に尽力する、と約束したという。

「同じキリシタンとして晴信殿が長崎を取り戻したいお気持、ようわかりまする。長崎は我らキリシタンにとっては教皇《パッパ》様のおられるローマとも、おん主デウス様の磔刑に処されたエルサレムともいえる聖地。幸い我が主の本多正純様は大御所様のお覚えも目出度く、キリシタンに同情もしておられ、キリシタンである拙者にも深い信頼をお寄せくださっております。同じキリシタンの晴信様の領地奪還のお気持もご理解のはず」

ひとつ、ここは拙者にお任せくだされ。あなた様の旧領は必ず拙者が取り戻してご覧に入れまする、と大八は請け合ったという。

「しかし、長崎は今や異国との貿易の要の窓口。いくら我が旧領と申しても、そうやすやすと大御所様がお返しくださるとは、この晴信にも思えないが」

とさすがに晴信も半信半疑で反論した。

「しかも長崎奉行は遣り手の長谷川藤廣殿。あのご仁は大御所様のご信任も篤く、また彼が赴任して以来、幕府における長崎の地位はさらに重要なものとなり、失礼じゃが、そこもとの力程度では大御所様のお心を変えることは難しかろう」

そこでござります、と、大八は膝を進めた。

「藤廣様は拙者の元の上司、その上かつては同じキリシタンでもござりました。そして藤廣様が拙者を本多正純様に推挙されたのも、長崎における藤廣様のご差配を、拙者を通じ本多様に、ひいては大御所様に伝声せよとのご本心からでした」

ご承知の通り、本多様は大御所様の懐刀、また駿府での異国人との交渉も一手に引き受けておられます。さようなつながりからも、有馬様のご先代からのお望みを大御所様へお伝えできるのは、不肖この大八を措いて他にはありませぬ。

「しかし、のぅ…」

と晴信は躊躇《ちゅうちょ》した。大八は、自分の宿願と相反する施策ばかりを実行する男の元家臣、何を企んでおるのか、まだ腹の底がわからぬ。

「同じキリシタンと申しても、そこもとと拙者はイエズス会の、また長谷川殿は近頃はイエズス会を離れて同会と敵対するドミニコ会に接近しておるとの噂。いや、彼の本心はキリシタンになることではのうて、ただ長崎貿易にキリスト教を利用しているだけ、とも聞く」

「それはイエズス会のロドリゲス神父がマカオに追放されてから、でござります」

「それも藤廣殿と長崎代官の村山等安の讒訴《ざんそ》による、と申すではないか。藤廣殿は拙者のような旧領返還請願者、ポルトガル商人、キリスト教宣教師などを排除して、徳川政権の強固な貿易支配体制を作ろうと、そして自分がその先鋒として大御所様に一目おいて頂こうと目論んでおるだけじゃ」

晴信の推量は当たっているやもしれぬ。自分の出世のためならば、他の者は弊履《へいり》の如く捨て去ってもよい、とあの藤廣なら思いかねない、と大八は思った。

彼は長崎に来てにわかにキリシタンになったが、ロドリゲス神父追放やマドレ・デ・デウス号事件でイエズス会への風当たりが強くなったと察すると、スペイン系のドミニコ会に接近し、さらに平戸のオランダ人とも交渉を始めた。

このままでは、藤廣がいつの日かキリシタン全体を敵とする日が来るかもしれない。そうなったら、藤廣の野心を利して家康の信頼篤い本多正純の家臣となった自分の出世の階段もそこで足踏みせざるを得まい。藤廣の野心を食い止めるためには、なんとかしてこの晴信を利用せねばならぬ。

大八は声を潜め、膝を進める。

「ところで、有馬様はご存じですかな?」

何を? と晴信。

「例のポルトガル船爆沈事件でござる。あの折、有馬様は爆沈まで丸四日おかけになった。拙者などはよくあの短時日であれほど武装した南蛮船を自爆にまで追い詰めた、と感服仕ったのですが、それに引き換え、藤廣殿が何と申されたかご存じか?」

案の定、晴信は乗ってきた。

「長谷川殿は何と申されたのじゃ?」

「『てぬるい』と申されたのでござる。『て・ぬ・る・い』と。巨艦とは申せ、たった一艘の南蛮船にあれほどの日数を掛けねばならぬとは、勇猛を鳴らした有馬殿のお力も世評とはだいぶ違うの、と仰せられたのです。いや、これはこの大八がこの耳で直に聞きましたゆえ、嘘ではござらぬ」

「それは真か? 長谷川殿がこの晴信の戦法を『てぬるい』と?」

晴信の脳裏に藤廣の狡猾そうな顔が浮かんだ。

自分は大御所様ご所望の「珍楠香」を藤廣に先駆けて献上し、彼の顔に泥を塗った。さらに、「『駿府に参上してマカオでの日本人処刑の謝罪をせよ』との大御所様の命を聞かず、長崎港に立てこもったポルトガル船司令官の征伐を藤廣の裁可も得ず自分一存で行った。一連のこの行動が藤廣の面目をいたく損なったのだ。そのいわば逆恨みが、この大八を通して自分への『てぬるい』評になったに違いない」

晴信は目を怒らせギリギリと歯噛みした。

「おのれ！　藤廣、そちの数々の策謀により当然返還さるべき我が旧領が返還されぬのだ。今度会うたらただでは置かぬ。八つ裂きにしてくれよう！　いや先のポルトガル船同様の目にあわせてくれる！」

大八は、額に太い青筋を浮き上がらせた晴信の顔を覗き込むように言った。

「いかがでござる？　このままでは長崎は長谷川藤廣様のご領地、とは申されぬまでもご支配下に入り、ますます有馬様ご一統の手の届かぬ地になってしまいまする。下手をすれば、こたびの有馬様のお望みも、幕府の天領への反逆、とも言いかねませぬ」

たしかにそうだ。

「これまでも、藤廣殿にはご自分の出世のため拙者も幾度か苦い思いをさせられました。それゆえ有馬様のこれ以上のご悲嘆、ご憤慨、傍観してはおられませぬ。これは義憤でござる。不肖、この大八、我が主君本多正純様を通じて大御所様に嘆願のお役目お引き受け申そうと存ずる。拙者から手始めに貴殿の旧領藤津・杵島・彼杵三郡を今回の恩賞として賜るように申し上げよう。長崎はその後、ということで」

なるほど、ここまで言うからにはこの男を信頼してもよさそうだ。すでにあの事件から数カ月も経つのに、いまだに幕府から何の恩賞沙汰もない。このままお沙汰を待つだけでは心許ない。

「では岡本殿、貴殿にお任せするとして、具体的にはいかような方策をお考えじゃ？」

「さよう、お耳を拝借」

と大八は人払いを願った。

これは秘中の秘でござる。

我が主君本多正純様は、賄賂を受け取らぬことで徳川家中でも有名でござる。外様の大小名、また南蛮商人、明商人、いかなる人々からも受け取りませぬ。それが父君正信様からのご家訓です。が、ただ…

「手前は本多家内家老《うちがろう》から直々に聞いたのでござるが、正純殿はお役目上様々の方々とのご交際の折、多額の金品を自前にてご調達なさる。その費用が実は莫大に上り、そのため本多家の懐は実は厳しいものがあるとのこと」

手前はその内家老を通じて、正純様に貴殿のご宿願を申し上げたい。ついては、

「とりあえず白銀六千両ほどご用立て頂きたい。六千両は大金ではござるが、ナニ、旧領三郡がお手元に戻るとあらば、貴殿にとっては何ほどの支度金でもござりますまい。しかも、それが次の長崎ご返還の呼び水ともなれば」

大八は誠心誠意を顔に表して言った。そして、さあらぬ態で付け加えた。

「それにただ今の藤廣様への『今度会うたらただでは置かぬ。八つ裂きにしてくれよう!』との有馬様のお言葉、この大八以外まさか他の方へは仰せにはなりませんでしょうな。万が一、藤廣様がお聞き及びになったら…」

「で、貴公はその白銀を大八に用立てたと申されるのじゃな」

と正純は晴信に念を押した。

「さよう、その後、駿府へ立ち返った岡本殿は大御所様からの確約の証拠だと申されて拙者にご朱印状まで手渡された。これ、この通り」

言いながら晴信は、後生大事に懐に収めていた家康からの朱印状なるものを正純に披露した。

そこには、たしかに墨痕も鮮やかな筆跡で「藤津・杵島・彼杵三郡安堵の事」とあり、源家康署名の花押、さらに家康特有の楕円の朱印が鮮やかに押されていた。宛名も有馬修理大夫殿、日付は慶長十六年三月二日、となっている。

正純が見ても大御所様の花押、御朱印そのものだ。

しかし、最側近の正純の立ち合いなしで、家康がこれを久保正俊などの祐筆衆に命ずるはずがない。第一、長崎を今後の南蛮貿易の最重要拠点とみなす家康が手放すはずがない。

あやつ、ここまでやりおったか、と正純は舌を巻く思いだった。

「いかがでござる」

と晴信は意気揚々と言った。

「ようわかり申した」

正純は言った。軽々にこれは偽書だ、とは言わぬ。詮議せずばわからぬし、自分一存の処置でもまずい。

この朱印状も大御所様にご確認頂かねばならぬ。

万が一、自分の与《あずか》り知らぬうちに大御所様が大八に直接渡したやもしれぬからだ。

「ただ今大御所様は、岡本大八の詮議を駿府町奉行彦坂光正に命じております。その結果によっては貴殿に旧領ご返還になるか、あるいは大八が貴殿を欺いたか、明らかになるはずでござる。それまでこの書状も拙者がお預かり申す。今しばしご猶予のほど」

聞いた晴信は、良きご沙汰をお待ち申しておりまする、と正純のもとを辞した。


ほどなく彦坂光正より大八詮議の結果がもたらされた。

「だいぶ手こずり申したが、ようよう口を割り申しました」

聞けば、かなり手ひどい詮議、というより拷問が行われたらしい。後に「駿河問い」としてキリシタン詮議や幕末の開国派の詮議にも使われた厳しい取り調べだった。

その結果、大八は朱印状の偽作を白状し、晴信からの収賄も認めた。

が、一方晴信は、大八の口車に乗せられただけで、正純、ましてや大御所様を欺くなど夢にも思わなかった、自分は一切与り知らぬことだ、と主張した。

「両人を対決させせよ」

と家康は命じた。

慶長十七年三月十八日（一六一二年四月十八日）、江戸の大久保長安邸で長安並びに他の年寄（後の老中）の居並ぶ中、両人は対決させせられた。

大八は駿河での連日の厳しい拷問と駿河から江戸への縄掛けられての移送で、見る影もなくやつれきり、わずか半年前、有馬邸で大言壮語した壮年の武士とは思えぬほどだった。

両人対決の結果、大八の家康の朱印状偽造の罪が確定、駿府城下引き回しの上、火刑、という裁定が下り、大八はその場で長安家臣団により引っ立てられようとした。

対決で勝利した晴信は「してやったり」とほくそ笑んだ。自分を欺き、大枚の白銀をせしめた大八にこれで復讐できるのだ。

その時だった。

「お待ちくだされぃ。拙者にも最後に申し上げたきことがござる！」

大八が声を振り絞って絶叫した。

「最後に拙者にも一言言わせてくだされ。お頼み申す。武士の情けじゃ…」

言いかけるのにも下吏は取り合わず、グイっと捕縛の縄を引く。大八は仰向けざまにひっくり返りながら、なおも、お慈悲にござります、一言、一言、と喉も破れんばかりに申し立てた。その様に長安は呆れながらも、されば申してみよ、と情を掛けた。

すると大八は、晴信を顎で指しながら、

「有馬様は、長崎奉行の長谷川様を殺害する、と申しておられました」

と叫んだ。その大枚の収賄も、

「有馬様からの『口止め料』として頂きましたもの」

と言う。有馬晴信が長谷川藤廣を大八の面前で誹謗《ひぼう》、それを大八の口から正純、正純から藤廣へ伝わるのを恐れた晴信からの口止め料だというのである。

これは長安並びに詮議に参加した年寄にとり、聞き捨てならぬ内容だった。

彼らにとって有馬晴信は五月のアブのようにしつこく顔にまとわりつく存在だった。年中「旧領をお返しくだされ、ご返還くだされ」と借金取りのように誰かれなくせがみ回る。

この際、このしつこいアブを払いのける好機ではないか。

喧嘩両成敗。晴信ばかりでなく、今後も発生しそうなキリシタンの騒乱をこの際未然に叩く好機にしよう。

そういえば大御所様も、近頃はご身辺にキリシタン家臣の増大を危惧しておられると聞く。

江戸の街中にも南蛮寺がいくつか建立され、物見高い江戸庶民が押し掛けている。何事か起こらぬうちにその芽を摘んでしまうのだ。

同年三月二十一日（一六一二年四月二十一日）、大八は判決通り駿河市中引き回しの上、安倍川原で火刑に処された。

一方、有馬晴信も、手段を選ばぬ旧領回復運動と長崎奉行殺害企図の罪で大八処刑の翌日、甲斐国に流罪、その所領島原藩四万石は没収となった。後にこの藩は鍋島藩領となり、その過酷な藩政のため「島原の乱」の素因の一ともなった、という。

五月七日、その晴信も配所で自害させられたが、長男直純は日頃から父と疎遠でもあり、家康の養女国姫（家康長男信康の孫娘）の夫でもあり、またこの機に棄教したことから家督と所領日野江藩は安堵された。

大八が晴信からせしめた大枚は長崎のイエズス会に献納されたとの噂もあったが、真相は闇の中だ。

いずれにせよ、これ以上キリシタンをのさばらせるわけにはいかぬ、と家康は思った。

［四］　おたあジュリア

一連の処罰の報を受けた家康は、大八処刑と同日、「よしっ」と腰を上げた。大八の無惨な処刑で駿府城下住民の、もっと言えばキリシタンの動揺が大きかったのを見て取ったのだ。

「この機に、すべての天領にキリシタン禁教令を出す」

だが、それを命ずる前に気がかりが浮かんだ。

「おたあをどうする？」

幼い頃から手塩に掛けてかわいがってきた娘だ。聡明で素直、一時は養女にするか、とも考えた。一部の家臣や大名間では彼女を「大御所様のお側室」と思う輩もいるようだが、さすがにそれは、ない。側室にするにはあまりにおたあが自分を父親のように信頼しきっていて、今さら男女の仲になど、なれようはずもない。

家康には真の娘の数は少なかった。亡き正室築山殿との間に生まれた長女亀姫は奥平信昌に、次女督姫も最初北条氏直に、北条氏滅亡後は池田輝政に、三女振姫は最初蒲生秀行に、次いで浅野長晟《ながあきら》にそれぞれ嫁ぎ、四女松姫、五女市姫はいずれも夭折してしまった。そのためか多くの娘を養女にしている。本多忠勝の娘で真田信行に嫁いだ小松姫や、弘前の津軽信枚《のぶひら》に嫁いだ満天《まて》姫など二十余人に上る。

それでも家康はおたあを養女にしなかった。「キリシタンじゃから」とか、「異国の生まれじゃから」などいろいろ取りざたされたが、放っておいた。何とでも言わせておけ。普段は遊ばせておくが、いざという時の手駒は多い方がよい。おたあもその手駒の一つだ。いや、手駒と冷酷に言う以上に、おたあはかわいい。

しかし、その愛しさも断ち切るべき時が来た。

「おたあを呼べ」

家康は呻《うめ》くように言った。いつもの声音と違うので、ハァッ？と正純は訊き返した。

今、ナニと？

「おたあじゃ、おたあを呼べ、と申した」

二度目にはいつもの声音に戻っていた。ただ今、と正純は奥女中を呼ばず、自ら奥へ急いだ。

徳川家康系譜

父母		父：松平広忠、母：於大の方
兄弟姉妹	異母弟妹	松平家元、内藤信成、松平忠政、樵臆恵最、市場姫
	異父弟	松平康元、松平康俊、松平定勝
配偶者	正室	築山殿（清池院）－関口親永（今川氏一門の関口氏）娘
	継室	朝日姫（南明院）－竹阿弥娘、（豊臣秀吉妹）
	側室	西郷局、蔭山殿（養珠院、お万）など記録に残る側室だけで20名ほど
子女	男子	長男・松平信康（母：築山殿）⇒信長の娘婿。謀反の疑いで父家康の命で自刃
		二男・結城秀康（母：小督局）⇒後継者松平忠直。忠直は秀忠の三女勝姫と結婚
		三男・徳川秀忠（母：西郷局）⇒２代将軍
		四男・松平忠吉（母：西郷局）⇒尾張清洲藩主
		五男・武田信吉（母：下山殿）⇒佐倉藩主⇒水戸藩主
		六男・松平忠輝（母：茶阿局）伊達政宗の長女と結婚。家康臨終にも立ち会えず
		七男・松平松千代（母：茶阿局）⇒夭折
		八男・平岩仙千代（母：お亀）　⇒夭折
		九男・徳川義直（母：お亀）⇒尾張徳川家の始祖
		十男・徳川頼宣（母：お万）⇒紀州徳川家の始祖
		十一男・徳川頼房（母：お万）⇒水戸徳川家の始祖
	女子	長女・亀姫（母：築山殿）－奥平信昌室
		二女・督姫（母：西郷局）－北条氏直室のちに池田輝政室
		三女・振姫（母：下山殿）－蒲生秀行・浅野長晟室
		四女・松姫（母：お梶）　⇒夭折
		五女・市姫（母：お梶）　⇒夭折
	猶子	八宮良純親王－後陽成天皇第八皇子
	養子	松平家治－忠正・忠明（いずれも奥平信昌二男、三男、四男）
孫	秀忠系	千姫　　豊臣秀頼室　⇒本多忠刻再嫁
		家光　　３代将軍
		和子　　後水尾天皇皇后　子供は明生天皇（女帝）
		保科正之　会津松平家　（母：しずの局）
		勝姫　　松平忠直正室

家康の決断を感じ取ったのだ。

が、その当の家康は待つ間中、親指の爪を噛んでいた。

おたあがどこぞへ行っていればよい、と念じさえした。が、奥座敷からおたあらしき柔らかな足音が聞こえると、表情を引き締めた。

人間、辛い時こそ決断は早い方がよい。なんのこれしき。自分はこの七十年間、幾度これ以上の艱難を、辛苦を、乗り越えて参ったか。我が意思で正室も長男も殺したのだ。この程度で辛いなど、老いさらばえたか、家康。

おたあは家康の前に無言で膝をつき頭を下げた。これも異様な空気を感じ取ったのだ。

「うむ」

と家康は平伏するおたあを見下ろした。この黒髪、この白いうなじを見るのも今日限りか。

「おたあ、そちも岡本大八の一件、承知しておろう」

やはりその件で私をお呼びになりましたか、と言うように、おたあは固い表情ながら涼やかな眉つきで家康を見上げ、頷いた。

「これまで儂は、そちらをキリスト教信仰に深入りさせ過ぎた。儂自身が伴天連共の教義を深くは知らず、他の我が国古来の仏教、神道と同様、政道に与《くみ》する宗教、少なくとも反する宗教ではない、と思い込んでおった」

じゃがの、と家康は一段と声音を強めた。もはや先ほどの苦悩の跡は片鱗も見せない。

「これは油断ならぬ宗教じゃ、ということがおいおいわかって参った。…他国の領土に侵入し、その国の人心を惑わし、民の心をその国の為政者に依らしめず、デウスとやらの神を拝礼させ、それを祀るローマの教皇やエスパニア国王を拝跪《はいき》させるものじゃ。侵略される国にとってはまさに邪教なのじゃ」

邪教、という言葉に、それまで俯いて家康の言葉を聞いていたおたあが姿勢を起こし、きっと家康を見上げた。

「大御所様、キリスト教は邪教ではございませぬ。民を救う宗教でございます。その証拠にこのおたあも、また他の戦乱に苦しむ無辜《むこ》の民もどれほど救われましたことか」

「たしかにの…」

と家康は頷いた。

「そちの申す通りじゃ。キリスト教がなにゆえ我が国の民の心を掴んだかと申すと、古来からの我が国の宗門が民を救うてはくれなかったからじゃ。仏教といい神道といい、弱き者を救うという立法の根本義を忘れ、位階・土地・猟官など自己の勢力拡張のみを第一義とする、いわば戦国大名と同様な争いの亡者となり果てておったからじゃ。儂とてそれはようわかっておる。キリスト教は戦乱に苦しむ無辜の民、特に女子供には救いとなる教えじゃった…」

じゃがの、と一呼吸おいて家康はさとすようにおたあの顔を見つめた。

「神道・仏教は、キリスト教ほど我が国の根幹をひっくり返すような教義は持っておらぬ。彼らは帝はじめ朝廷を敬い、我ら武士の後ろ盾を頼む、すなわち、この国のご政道の仕組みの中で自分らの分をわきまえておるのじゃ」

不服そうな顔をしておるの、と家康は、おたあの今にも反論しそうな顔を見た。

こんなところに異国人の血が現れるのかのぅ。我が国の女はもっと従順なはずじゃ。いや、そうでもないか。忠興の妻も関ヶ原戦前石田三成の人質作戦に背き、自害して果てた。あれもキリシタンじゃった、と家康は細川忠興の妻でガラシャという伴天連名をもった玉子《たまこ》の自害を思い出した。たしかにキリシタンは強い。いや、あれは明智光秀の娘じゃからか。

「こたび、儂はキリスト教にばかり手枷足枷《てかせあしかせ》を掛けようというのではない。この正純に、また金地院崇伝にも命じ、勝手放題に猟官や宗論争いに明け暮れる公家共や各地の真言・密教大寺院にも様々な法度《はっと》を出させた」

それにの、と家康は付け加えた。

「今回のキリスト教への仕置きは、日本全国の大名領には関係ない。徳川一門の直轄領内でのキリスト教の禁止令じゃ」

「それはどういう意味でございますか?」

と、おたあはいぶかし気に訊いた。

「我が領内にキリスト教の布教を禁ずる、ということじゃ。教会、セミナリヨも建てさせぬ、伴天連や修道士《イルマン》の居住も彼らの布教も許さず、結果、我が領内には一人のキリシタンの居住も許さぬ、ということじゃ」

「すると、もし私が大御所様のご領地の外に出ましたら、お許しくださるのでござりますか？」

「ホッ、儂の上げ足取りに参ったな。一般のキリシタンなら、そうじゃな。城下のキリシタンが他の大名領国に移り住めればさようなことも許されよう」

じゃがな、とそこで家康はぎょろりと目をむいた。おたあがこれまで見たことのない冷酷な目だった。

「我が家臣ならそうはいかぬ。陪臣でも同様じゃ。岡本大八は本多正純の臣。たとえ彼がいかなる遠方の地での任におったとしても、我が臣の臣である以上、キリシタンたることは許さぬ。大八ばかりではない。徳川一門の端に連なる旗本、家臣はすべからくキリシタンであってはならないのじゃ」

家康はそこで、片方の唇の端から押し出すように言った。

「そちは儂の臣ではない。養女でもない。ましてや側室でもない。ま、客分、男だったら食客とでもいえる身分じゃ。じゃから、もし、そちが…」

もし、わたくしが？　と、おたあはおうむ返しに言って首を傾げた。

「そちがキリスト教を捨てると申せば、今まで通り、ここで暮らせばよい」

そこで家康は、言葉を切っておたあの顔を見つめた。しかし、おたあがその信仰を決して捨てないことはわかっていた。

「じゃが、頑なにその信仰を捨てぬとあれば、容赦はせぬ。直ちにこの駿府を捨て、儂の領地ではない、どこか、遠島にでも、行くがよい」

家康は、自分のおたあへの思いを断ち切るように一言一言区切って言った。

おたあは両手を床についたまましばらく下を向いていたが、やがて顔を上げた。その両眼から大粒の涙が流れ、膝の紫の辻が花絞りを濡らした。

「大御所様、これまでこのおたあをかわいがって頂き誠にありがとうございました。このご恩は生涯忘れませぬ。かような事態にならなければ、死ぬまで大御所様にお仕えしとうございました。されど…」

うむ、と家康は頷いた。そして片手を上げた。

「それ以上申すな。…後は正純にまかす。早うに去れ」

言い捨てると、ハエでも追い払うようにその手を左右に振った。


おたあがキリシタンの侍女数名を伴い駿府城を出たのはその日も夜更けだった。

「伊豆大島への便で出立いたしました」

数日後、本多正純は言葉少なに報告した。おたあ様とも、おたあ殿とも言わなかった。

このおたあ、後年、幕府のキリシタン迫害がさらに厳しさを増し、彼女の身辺に及んでも頑なに棄教を拒み、伊豆諸島へのたびたびの遠島刑にも屈せず、最後は神津島とも、大坂で神父の保護の下、寿命を全うしたとも言われる。

洗礼名ジョアンを持つ鉄砲組頭、原胤信、通称主水《もんど》が、岩槻藩に住む親族を頼って駿府城を出奔したのも丁度その頃だった。

第五章　慶長十八年　終わりの始まり

［一］　ビスカイノ・政宗・ソテロ

慶長十七（一六一二）年七月、駿府城黒書院。

家康は畳の上に四枚の絵地図を広げさせ、その詳細な海岸線に見入っていた。これらの絵図は昨年メキシコ副王特使として来日したビスカイノというメキシコ人探検家が家康の許可を得て測量した日本海岸絵図だった。

先般家康が彼の測量願に許可を与えた直後、平戸より帰任した三浦按針が許可取り消しを助言したのだが、時すでに遅しで、ビスカイノはすでに測量のため浦賀を出帆した後だった。

しかし、家康や按針の、彼は日本海岸測量後、そのまま絵図と共に帰国してしまうのでは？という危惧に反し、ビスカイノは一年間の測量を終えると、約束通り四枚の絵図を提出してきたのだ。

家康はその図を見ながらこの厄介者のメキシコ使節との一連の関わりを思った。

慶長十四年上総国御宿に漂着したメキシコ人政治家ドン・ロドリゴの救出および本国送還の返

礼として、翌々年メキシコ副王より返礼使節が到着した。それがビスカイノだった。

按針は、彼の真の目的は返礼より日本の東方海上にあるという金銀島の探検、征服でございます、そのため足掛かりとなる日本の海岸線や地形を測量するのです、と申す。

儂も、つい南蛮の進んだ測量技術に目がくらみ、その技術で測量した地図が欲しいばかりに測量・地図作成を許可したが、危ういところで按針に助けられた。按針はさらに言う。

「スペイン人はこれまでも測量・探検などという口実で未踏の地に侵入し、その地を征服してきたのです。ご用心なされませ」

たしかに、この日本沿岸測量図は驚嘆すべき正確さだった。

九州一円の海岸線、瀬戸内海、紀伊半島沿岸、遠州灘沿岸、伊豆半島、関東、東北に至る太平洋岸の複雑な海岸線、各地の湾や島々の寸法、湾の深浅、海流、湾に注ぎこむ川の幅、海に臨む城の天守の高さ、城壁の高さや厚みなどが細かく描きこまれているが、どれをとってもこれまでの我が国の測量図とは比べ物にならぬ。

これが世界の海を制覇し、未開の地を植民地としたエスパニアの底力か。按針は、

「日本にとりまして有利なものは、同じく敵にとりましても有利な武器です。この測量図があれば、スペインのガレオン船は日本のどの港湾にも侵入し、最深部に停泊して陸上の町や城を砲撃できるわけです」

と申したが、もしエスパニアが世界制覇などという物騒な下心さえ持っておらなんだら、かよう

な海岸ばかりでのうて、日本国中の山や奥地まで測量させたいくらいだ。

なかでも大坂湾に注ぐ淀川、木津川、大和川など大坂城近辺の図は、家康にとって実に貴重なものだった。

「これが儂に献上されたのは真に幸いじゃった。この辺の地形測量を大坂方は決して許さぬだろうからの。ビスカイノのヤツはいかなる手段で測量したのやら。おそらく堺の伴天連共の協力であろうが、儂にとっては万金を積んでも得難きものじゃった」

感嘆する一方、さらに絵図によく目をこらすと、古来から「月浦《つきのうら》」や「清水田」と呼ばれていた和名の脇に「サン・フェリペ港」とか「サリナス港」などスペイン風の地名まで書き込まれている。

そういえば按針は、

「ビスカイノという男は、自分が探検した土地に勝手に名前を付ける習性があるそうです」

と言ったが、すでに存在せる土地の名を勝手に変えるとは、なんたる傲慢、と家康は改めて不快だった。地名にしろ、人名にしろ勝手に変えるなどもっての外じゃ。

ビスカイノはメキシコ副王とスペイン王へ献上するため、同じ絵図の写しを各二通作成したという。

いかにすればこの絵図を自分の手元にだけ残し、メキシコ副王にもスペイン国王にも渡らぬようにすべきか。

力ずくでヤツの手から召し上げるか、あるいはヤツを帰国させねばよい。が、相手は両国からの正使、絵図だけ取り上げて放っておくわけにもいかない。

「ビスカイノは今どこでどうしておる?」

「大御所様、御所様の彼の国への贈品と共に、すでに我が国から出帆いたしました」

そうじゃった。たしかに儂は「両国交易は許可するも、我が国は神国ゆえキリシタンは厳禁」と書いたメキシコ副王宛書簡をヤツに持たせた。その時、絵図の国外持ち出しを差し止めればよかったのじゃが、儂としたことが、のぅ、遅かったか、と家康はホゾを噬《か》んだ。

ところが、その年十一月七日になって、当のビスカイノが浦賀に戻って来ている、との報が入った。

帰国と偽って日本を出港、当初の目的通り仙台沖にあるという金銀島探検に向かったものの、洋上で大嵐に遭遇、船は大破の憂き目に遭い、命からがら浦賀に帰港。さすがに探検は諦め、帰国、と決めたものの、その帰国船入手のメドさえ立たず、「皇帝陛下、なにとぞ船をご用立てください」と泣きついてきたという。

捨て置け、と言いたいところだが、さて、と家康は腕を組んだ。ことを荒立てず、どのようにすればよいかの…

その思案の最中、松平政宗が伺候してきた。傍らには幕府船手奉行の向井将監《しょうげん》忠勝が同席している。

松平政宗とは伊達政宗のことで、関ヶ原戦で臣従を誓ってきた彼に、家康は仙台築城許可と松平姓を与えた。政宗はそれを「大御所様の拙者への特段のお計らい」と周囲にも公言、仙台から江戸へ参上するたびに駿府への挨拶も怠ったことがない。

一方家康は、いまだに政宗の心底を疑っていた。

松平姓を与え、仙台に拠を定めさせ、政宗の娘五郎八《いろは》姫を六男松平忠輝に嫁がせたのも、それにより彼を家康の陣営にしばりつけるためだった。それでもまだ、あの男、いつか儂を裏切るのではないか、楯突くのではないか、の不信は消えない。

政宗は、そんな家康の疑心にも素知らぬ顔で深々と平伏し、その姿勢のまま顔だけを上げて、

「大御所様がメキシコからの返礼大使の本国送還をご迷惑とし、さりながら彼らを我が国に滞在させるのもこれまた外交上得策でない、とて苦慮されておられる由、仄聞《そくぶん》しておりまするが、こたびは政宗にこの儀お任せいただきたく…」

と言上。さらに、過日のことでござる、と続けた。

ルイス・ソテロなる伴天連が自分の側室の病を完治してくれた。それを恩義とし、以来我が藩邸への出入りを許したが、そのソテロ師を通じ、ビスカイノ大使の帰国願いを知った。

自分は決してキリシタンではないし、大御所様のキリシタン禁令を犯す者でもない。が、ここで側室の命の恩人たるソテロ師のたっての願いにより、その大使の窮状を救うとともに、その者を我が国から追い払わんとの大御所様のお望みを叶えられるのであらば、不肖この政宗、望外の

喜び、いかようにもお役に立ちたいと存ずる、と言う。

「…ソテロ、か」

腕組みしたまま政宗の長口上を聞いていた家康の脳裏に、二年前目通りした南蛮伴天連の顔と大仰な仕草が浮かんだ。子供のような丸顔。脳天から発するような高い声、先年追放したポルトガル人通詞ジョアン・ロドリゲスにも劣らぬ巧みな日本語。あやつか…

たしかドン・ロドリゴ帰国船を用立てた際、儂のメキシコ副王・エスパニア国王宛の正式大使として任命した伴天連だ。あの折はドン・ロドリゴがヤツを毛嫌いしたので、代わりにアロンソと申す別の伴天連を任命した覚えがある。

政宗と同席した向井忠勝も言葉を添えた。

「政宗殿はビスカイノ一行をメキシコに送還し、その機に大御所様のメキシコ副王へのご書面や返礼品を届けよう、とのお考えから拙者にその旨ご相談されました」

ビスカイノはメキシコから持ち込んだ商品を、日本で売りさばき一儲けするか、あるいは万一の時には帰国船を調達する費用にするつもりだったらしいが、儂がそれを許さなかった。その結果、困窮して造船費用もままならぬと聞く。

もしこのままヤツが日本中を彷徨《さまよ》い歩き、駿府城や江戸湾の詳細な絵図をエサに、大坂方の軍師共に取り入ったら、大変なことになるところじゃった。

ヤツとソテロが、大坂方ではのうて政宗に泣きついたのは、ホンによかった、と家康は聞きながら胸の内で安堵した。

しかも政宗は、儂に代わり厄介者のビスカイノをメキシコまで送り届けようという。それが儂の彼への不信を払拭し、さらに歓心を買おうという下心であることはわかる。

が、それだけではあるまい。したたか者の政宗のことじゃ、その他に何を目論んでおるのか。

「で、船はどうするつもりじゃ」

と家康は訊いた。

「大御所様のご裁可を頂戴の上、按針殿と拙者の指図により伊達領内で建造したし、とのお申し出で」

と政宗に代わって忠勝が答えた。

慶長十四(一六〇九)年、家康は各大名に明や朝鮮との私的貿易禁止のため五百石積み以上の船の建造を禁じた。

政宗も無論それを心得ているらしく、大船を作るわけではござらぬ、と言い添えた。

「それどころか、我が藩の船大工には大洋渡船の築造技術はござらぬ。是非とも按針殿、将監殿のお力を頂きたく、それは取りも直さず幕府と伊達藩の共同造船と相成るわけで、大御所様、御所様の彼の国々への正使派遣のご意向にも合致いたすのでは、と不肖政宗、かように愚考いたしました」

政宗は平伏のまま、さらに膝を進め、

「その上、建造費用は日頃のご恩に報いるため、我が仙台藩で賄おうとの所存です、いかがでござる？　これぞ大御所様におかれても、『渡りに船』ではござらぬか？」

と得意顔で小鼻をぴくつかせた。

大御所様は、つい先頃まで、ご自分の手でメキシコとの交易を望んでおられたはずにござる。オランダやエゲレスなど非キリシタン国との交易が増えれば、エスパニアやポルトガルなどキリシタン国との交易が減少するのは当然でござる。が、それでも東南アジア経由の交易よりは、直接ヨーロッパとの往来が盛んと言われるメキシコ経由の方がどれほど時間的、距離的に節約になるか…　しかも、大御所様の御用船は平戸や長崎経由ではござらぬ。ソテロ殿によれば、我が仙台藩の良港より直接メキシコへ向かう航路は最短航路とのこと。以後、大御所様の彼の国との貿易航路として、いついかようにも我が藩、我が船をご用立てくだされたい。

大御所様、お考えくだされ。これは政宗、衷心からの進言でござる。決して私利私欲のために申しておるわけではござらぬ。拙者は、江戸の御所様に将軍職を譲られ、御自らは『貿易将軍』に徹する、と申された大御所様のお使い船の、いわば船長《ふなおさ》のお役目を担おうとの心算でござる。

それと、もう一つ申し上げる、と政宗は上唇をなめた。

「大御所様、これまで政宗がキリシタンだ、仙台藩がキリシタン領だ、などお聞き及びになったことなどありましょうや。たしかに我が領内には後藤壽庵と申すキリシタン家臣もおり申す。だがこやつは本人のみがキリシタンで、我が領内にその教えを広めようというわけではござらぬ。

拙者がこやつを取り立てておりますのも、ひとえにこやつの治水能力を見込んだため。古来より水害のため放置されておった見分村の治水に成功、開墾に功があったゆえでござる…」

家康は、政宗の長広舌にようやく間を見つけて問うた。

「したが、政宗、そちの国は昨年秋十月大津波に襲われ、大損害を被ったとのこと、ビスカイノも申しておったぞ。さような折の築船、大事ないのか?」

政宗は即座に首を横に振った。

「ご心配は無用にござる。その折とて例年通り大御所様、御所様への政宗からの初鱈《はったら》献上も滞りなく挙行致し申したほどで」


家康は政宗と将監が辞去した後、脇息にもたれたまましばらく物思いにふけった。

政宗が儂の代わりにメキシコ行きの船を仕立てる。その代価としてヤツは幕府と組んでメキシコ貿易を目論んでおるに相違あるまい。津波の被害もそれで相殺するつもりかもしれぬ。政宗は隠しておるが、あれは甚大な被害だったという。領民も多くが命を落とした、と聞く。

ふん、良いかもしれぬ、と家康は鼻を鳴らした。

政宗の船で仙台を拠点にメキシコとの交易をやらせる、しかも幕府の監督下で、じゃ。オランダ・エゲレス交易は平戸、メキシコ交易は仙台、と分けての。

やらせてみるか。早速将監に船大工を仙台に送らせるよう申し付けよう。

それからほぼ一年。

その間、家康の身辺は日変わりのように様々な事件が出来《しゅったい》した。

「忙《せわ》しいのぅ。儂は齢を数える暇もないわ」

岡本大八処刑、有馬晴信を蟄居《ちっきょ》・自死させ、キリシタンの脅威を取り除くため本格的な「幕府直轄領内のキリシタン禁教令」を出した。

同時に国内の寺社宛には戸隠山、多武峰《とうのみね》、修験道、関東新義真言宗、曹洞宗、興福寺、長谷寺、関東天台宗、智積院《ちしゃくいん》、などへの寺院法度を矢継ぎ早に発布。

また、寺々の寺格争いの元となった朝廷の紫衣《しえ》勅許権を剥奪する紫衣法度、公家達の乱脈な行動を規定する公家衆法度も発布した。


慶長十八年三月十日付けで政宗から家康宛書簡が届いた。

いよいよ伊達藩建造の西洋船が完成、間もなくメキシコ向け出航、との報告だった。船の大きさは五百石船よりやや小、正使には我が藩の家臣、支倉常長《はせくらつねなが》を、副使としてはルイス・ソテロ師を任命した。

「つきましては、常長に持参させる海外渡航許可の朱印状、および幕府からの正式礼状およびメキシコ国との交易許可状を発行して頂きたく…」

とあり、特使派遣関連の諸費用は、以前お約束した通り、伊達藩が一切請け負う、と続く。

すなわち、造船費と船具全般、航海士などスペイン系乗組員や同行する日本人およびその所持品の仙台までの旅費・糧食費・運搬費、さらに全員のアカプルコまでの食糧などの必需品などである。

一読した家康は、これならよかろう、と本多正純や金地院崇伝とうなずき合い、要請通りの朱印状を下付した。

そういえば、ソテロにはドン・ロドリゴ帰国の際に儂が託したエスパニア国王宛の国交希望の正式書簡を渡したが、正使をムニョスに代えてからも、たしかソテロはその書簡を返還しては参らぬ。ま、今回の政宗の交易船はせいぜいがメキシコ往還、あのエスパニア国王宛書簡は今回は無用のはずじゃ。

じゃが、あの伴天連の小ずる賢そうな面《つら》と策謀好きな政宗の腹の内、なにやら気にかかるものがある…


政宗とのやり取りが続いた同年六月、家康の宗教弾圧の一環として、江戸浅草の南蛮寺でキリシタン狩りが行われた。二十七名のキリシタンが捕縛され、小伝馬町の牢に収容、翌日の火刑が宣告された。取締りの任にあたった奉行から、

「罪人中にルイス・ソテロという伴天連がおりまして、執拗に松平政宗公にお取次ぎを、と懇

願しておりまするが、いかが取り計らいましょうや」

と幕府に問い合わせがあった。

同時に江戸滞在中の政宗からも家康にソテロの助命嘆願が届いた。

「過日言上した通り、ソテロ師は我が側室はじめ家臣の命の恩人。その恩義ある者の危急を救わねば、武士の面目が立ち申さぬ。政宗一生の願い。なにとぞソテロ師の一命をお救いくだされたく、またその儀お聞き届け頂いた暁には、ソテロ師の向後の言動、すべからくこの政宗の首にかけて対処いたす所存」

手紙には、三宝に乗せた金銀塊および鷹狩用の鷹三羽、その鷹が仕留めたという野兎五羽が添えられていた。

ま、政宗の懇願に免じて今回は許すか…

それに仙台で築造中の黒船が完成の暁には、メキシコ行き幕府公用船の副使としてソテロを任命する予定でもあるし、の。

放せ。

赦免された当日、旅支度もそこそこにソテロは仙台方面に向かって発ったという。

家康がソテロを放免した数日後、刑を執行した江戸奉行の報告が届いた。

「処刑された二十七名の信者の中に理由は不明でござるが、非キリシタン信者が一名紛れておりまして、その者は翌日解放されるはずでござった」

ところが、キリシタン共と同じ牢に押し込められたその非キリシタンがたった一晩のうちにキリシタンに改宗、翌日牢番がその男を放免しようとしたところ、自分はキリシタンである、よって自分もこの人々と共に天国へ召されたい、と自ら志願、従容《しょうよう》として火刑場へ赴いたという。

家康は言葉もなかった。

たった一晩で人間の心を変える？　さようなワザをなす神の力は実在するかもしれぬ。

だが、その神は異国の神だ。異国の神が異国人の利のためにその霊力を使っておるのだ。

エスパニアやポルトガルの国王は、まず伴天連を使って侵略地の民を洗脳、その民心の崇拝心を天上の神に向け、その神を祀るエスパニアやポルトガルの国王を支配者として崇めさせる。その地本来の王や領主をないがしろにさせて、じゃ。

残念ながら日本の神仏は異国神ほどの霊力は持たぬ。じゃが、異国神を追い払いさえすれば、その力を取り戻すはずじゃ。その追い払い役は、

「儂じゃ。儂とて異国神を追い払うことはできぬが、それをもたらす伴天連共を追い払うことはできる。まず国内におる奴らを締め出し、新たな侵入者はアリ一匹、ハエ一匹入れぬ」

政宗、よかろう。造船を急ぎ続行せよ。完成の暁にはソテロだけでなく、その同僚の伴天連共も、日本人キリシタンも、ことごとく乗せて異国へ、沖へ追い払え！

家康の多忙な日々はさらに続いた。

その翌月の七月二十二日、日本初来航のイギリス国正使一行が駿府に到着したのだ。同国船グローブ号は四月二十三日、平戸に来航、イギリス人の三浦按針は、待望久しい故国の船着岸の報に欣喜雀躍《きんきじゃくやく》、平戸に駆けつけた。船長ジョン・セーリスと会見後、その足で一行を駿府、江戸へと案内してきた。

イギリス国正使として威儀を正したセーリスは、家康に国王ジェームス一世の国書と猩々緋《しょうじょうひ》・鉄砲・望遠鏡などを奉呈、日英貿易の許可を求めた。

その後一行は江戸の秀忠にも謁見、その間に家康は、イギリス国王への返書とイギリス東インド会社への交易特許状を用意、駿府に再伺候したセーリスに授与した。

長年故国と日本との交易を熱望していたアダムスは、家康に許可を得ると平戸に商館を、と勇んで再び出発して行った。

「それにしてもおかしなエゲレス人だったよな」

家康は一行が辞した後、傍らの本多正純を顧みて言った。

儂にエゲレス王からの国書を直に手渡すと言い張り、按針にたしなめられて仏頂面《ぶっちょうづら》をしておったぞ。ま、ビスカイノも同じじゃったが…

「たしかに按針と同じような紅毛、青い目じゃったが、どこか違う…」

「セーリス殿は彼の国でも身分の高い、我が国で申せば公家身分、それに比べ按針殿は公家でも武士でもない、言わば商人か船頭、二人の間では身分が違うと言うか…」

「じゃが、按針は我が国では旗本ぞ。武士は武士でも儂直参の旗本じゃ」

「それでも本国では、公家と一般の民との厳しき身分差があるように聞き及びまする。セーリス殿も、身分が違うとして按針殿を見下すような態度でした。按針殿も、長いこと同国人の来航を切望しておられた割には、セーリス殿に対し同国人らしい親密さは見られませんでした。両人は平戸でも別々に行動しているそうで…」

「さようか…　すると按針は帰国に際し、あのクローブ号とやらの船には乗らぬかもしれぬの。あないに生まれ故郷に帰りたがっておったが」

「さて、それはまだわかりませぬ。彼に取りましては千載一遇の機会でしょうから」

「ナニ、今後彼の国との往還が増せば、後便で帰ることもできよう。儂としても、あやつが一日でも長く儂の海外への目となり手足となってくれれば、この多事多難の折、どれほど助けになるか…」


家康が、伊達家建造の黒船が九月十五日（一六一三年十月二十八日）仙台領月浦港を予定通り出港した、との報を得たのは十月に入ってからだった。

「やれやれ、あの小うるさきメキシコ使節をようやく追い払ったぞ。それにソテロなるあの口達者な坊主もじゃ。ドン・ロドリゴが毛嫌いしておったが、儂もヤツはどうも好かん」

政宗派遣の黒船は、来年の夏、遅くも秋には帰って来るはずだ。

ビスカイノ来日の際、同じ船でメキシコから帰国した日本人商人らは、メキシコ側が日本との交易に積極的でない、などと報告したが…

「さて今回は、いかなる首尾を持ち帰るか」

それに政宗の家臣で今回正使に任命された支倉常長とは、ハテ、いかなる人物じゃ。キリシタンの後藤壽庵という男でなく、なぜ政宗はこの男を？

家康がその支倉常長という男の詳細を知ったのは「サン・フワン・バウティスタ（洗礼者聖ヨハネ）」と命名された黒船が太平洋航海の真っ最中だった。

〔二〕　京の大仏

「まっこと偉丈夫であったな」

家康は先年慶長十六年三月末、二条城で会見した豊臣秀吉の遺児、秀頼の悠揚《ゆうよう》迫らぬ挙措《きょそ》を忘れることができなかった。

故太閤が家康に繰り返し後見を懇願して逝ったあのおかっぱ頭の「お拾《ひろい》」が、豊臣秀頼として見事な若武者に成人し、自分と一歩も引けを取らぬ態度で応答した。自分より一尺も丈高い姿ばかりでない。「まずはご長老こそ」と自分を先に立てたそのさわやかな声音まで耳に残っている。

「秀忠より十五歳も若いが、器量から申せば到底秀忠の及ぶところでない」

秀頼を並の大名として大坂から別の場所に移封したらどうか、など進言する輩もいる。が、秀頼のあの器量を見れば、いずれ儂に、徳川に、歯向こうてくるのは必定。儂の目の玉の黒いウチに、なんとしても大坂を滅せねば、こちらが危うい。

儂も次の正月には七十三か。いつあの世から迎えが参っても不思議ではない。じゃが、あの世に行くには一人では行かぬ。豊臣勢力を根底から叩き潰し…

「秀頼、伴天連ども、キリシタン、すべてこの家康の背に負うて逝く…」

後の徳川の世に後顧の憂いなきよう、秀忠や孫の竹千代が、手ぶらで新しい世を作れるようにの。

その大事業には、これまで以上に慎重な計画が必要だった。

残り少ない寿命を数えるとて、焦ってはならぬ。さりとて儂の寿命を鑑みれば、そうそうゆりともしてはおられぬ。遅くもこの両年中じゃな。

近江国の国友に大鉄砲・大筒の増産、他の鍛冶・石工にも石火矢の鋳造を急がせ、エゲレス・オランダ商館にも大砲・焔硝・鉛を用立てさせねばならぬ。

おお、そうじゃ、畿内中の米も買い占めさせねば。

ここまで備えておけば、いつ戦を始めようとも構わぬ。あとは戦の名目さえ立てばよい。

幸い太閤子飼いの加藤清正、堀尾吉晴、浅野長政、池田輝元などはすでに死に、加賀の前田も利家の後を継いだ利長が病臥、という。
が、福島正則など遺臣が数多く残っておる。あれらもいずれ潰すとして、まずは秀頼の側近の中から一人ずつ引き離していかねばならぬ。誰か寝返る者をっと、こうっと、誰を…考えているうちに片桐旦元の顔が浮かんだ。家康は膝をたたいた。

「そうじゃ、旦元、旦元。ヤツとは長い付き合い、まずはヤツからじゃな。ヤツを使わぬ手はないて」

片桐旦元は賤ヶ岳七本槍で名を挙げた秀吉子飼いの大名だが、家康とも長年昵懇の間柄だった。慶長四(一五九九)年一月十日、秀吉亡き後、秀頼が伏見城から大坂城に移った際、後見役の家康は旦元の屋敷に仮宿した。翌年の関ヶ原戦では旦元は豊臣方についたが、その際、長女を家康方に人質として差し出した。

以来旦元は豊臣、徳川両家の橋渡しとして貴重な役目を担ってきた。

関ヶ原戦以降、実権を握った家康により、慶長十(一六〇五)年、豊臣家直轄地の摂津国・河内国・和泉国・小豆島を管轄する国家老に任じられ、実質的に領主としてその地を差配するようになった。翌十一年には家康の意向に沿い、管轄地内にキリスト教禁止令を発布、十八年に公布されたさらに厳しい禁止令に従い、自領内教会を打ち壊すなど棄教政策を徹底、信者五十三人を肥前国長崎へ追放した。

「まず手始めに、旦元を太閤古参の大名共から切り離す」

旦元との縁が切れれば、太閤遺臣間の結束もしだいに緩んでこよう。

旦元の次は、織田信雄、織田有楽斎など織田一族、さらにその次は、豊臣恩顧の大名だが、と家康は首をひねった。

関ヶ原戦では儂の陣に参じた福島正則や黒田長政、加藤嘉明、旗本の平野長泰《ながやす》じゃが、あの折、彼らは石田三成憎しで我が陣に参じたまで。次の戦では秀頼側につくのは火を見るより明らかだ。彼らは江戸城に留め置くしかあるまい。

家康は天井を見上げ、指を折った。

残りの明石全登《あかしてるずみ》、後藤基次《もとつぐ》（又兵衛）、真田信繁（幸村）、長宗我部盛親、毛利勝永らは大大名ではなし、互いの力も石高もほぼ互角、うまく操れば仲間割れ、豊臣家臣団からの離脱を図れそうじゃ。

だが大野治長と大蔵卿局《おおくらきょうのつぼね》母子、この二人は淀殿の乳母と乳母子、淀殿が最後まで手放すまい。二人には秀頼のあの世への供をしてもらう。秀頼に嫁した孫のお千もかわいそうじゃが、秀頼と共に滅してもらおう。

冷徹にここまで胸算用した家康の瞼の裏に、十年前の慶長八（一六〇三）年、七歳で十一歳の秀頼に嫁ぐ千姫の幼い姿が不意に浮かんだ。

輿入れの挨拶に当時伏見にいた家康の前にひざまずき頭を下げた千姫は、両親の秀忠・江《ごう》夫妻によくよく言い含められたのだろう…

「それではおじじ様、行って参ります」

と童らしからぬ落ち着いた口調で言った。それを聞いた家康は思わず上段の間から駆け降り、

「おお、お千、よう聞き分けてくれた、よう、のぅ」

と姫の丸くふっくらとした頬を自分の両手で包み込み、しばらくその手を放すことができなかった。

いや、あのいじらしかったお千を秀頼と共に死なせることはできぬ。大坂を滅すとも、お千だけは、このじじが必ずや助けてつかわす…

間近に予定している大坂攻めの際、千姫の救済を決断した家康は、次は太閤の残した莫大な富、あれを残らず吐き出させねばならぬ、と冷静な戦略に戻った。

関ヶ原戦後、家康は秀頼の石高を六十万石に減じた。

六十万石なる石高は太閤存命時の二百万石に比べ三分の一にも満たぬが、農地より金銀財を重視した太閤じゃ、死ぬる前大坂城の蔵に金銀、天正大判・小判・竹流金《たけながしきん》、米穀、をぎっしり詰め込んだという。

さらには純金製の巨大な太閤分銅《ふんどう》。あれには太閤の遺言として「行軍守城用勿用尋常費」の文字が鋳込まれておるというが、要するに軍資金以外には用いるべからず、とのことじゃ。しかし軍資金として使われてはたまらぬ。

「もう戦は無用。あの金の分銅も今は亡き御父上や関ヶ原で落命した豊臣方家臣の供養のため

にお使いなされよ。全国の社寺仏閣、特に『京の大仏』は父上の存念のこもった寺。是非再建なされよ」

と、戦後間もなくから家康は秀頼に「京の大仏」再建を勧めた。

しかも以前のような木造でなく、こたびは堅牢な銅製ではいかがかの、とさらに金のかかる造営を進言した。

家康の言う「京の大仏」の由来はこうだ。

豊臣秀吉は、生前、松永久秀の焼き討ちで焼損した奈良の東大寺大仏の代わりとなる大仏を京に、しかもどうせ建てるなら奈良の大仏より一回り大きな大仏を、と京都東山に大仏と大仏殿建立を決意、高野山真言宗の木喰応其《もくじきおうご》に差配させた。

八年の歳月と巨費を掛け文禄四（一五九五）年九月巨大な大仏（六丈三尺、約十九メートル）とそれを収めた大仏殿が完成。秀吉は諸宗派の僧を総動員し千僧供養会《え》を挙行した。

「あの年の夏は関白秀次殿を太閤が自刃に追い詰めた時で、今考えれば、太閤はそれを悔悟しての供養会じゃったかもしれぬ。いや、それはあるまい。太閤の頭はもうその時は大分常軌を逸しておった。儂への供養会参会の誘いもなかった。もっとも儂は、あの折上洛はしておったが、同じ月に秀忠と淀殿妹お江《ごう》の婚儀があり、また『源家』系図を吉田兼見《かねみ》に校合清書させるなど、多忙な月じゃったから招かれぬが幸いじゃった」

しかもそれほどの大供養会じゃったのに、その翌年文禄五年閏《うるう》七月十三日（一五九六年九月五日）の伏見大地震で、幸い大仏殿は残ったが、大仏そのものが倒壊してしもうた。図体は大きゅうとも、当初計画されていた銅造ではなく木造乾漆造りじゃったから、脆いものじゃ。

大仏が倒壊した際、太閤は猛り狂って「かようにわが身も守れぬような大仏はいらぬ。信濃の善光寺より本尊の如来を遷座《せんざ》させよ」とて、無理無体に善光寺の本尊を大仏殿に据えさせたが、あれは笑止千万じゃったの。身の丈六丈三尺の大仏用の巨大な台座に小さな阿弥陀如来がちょこなんと鎮座したのじゃから。招かれた者らは笑いをこらえるのに必死じゃった。が、それを太閤に気づかれてみよ。たちまち切腹よ。

しかもその善光寺本尊の略奪が祟ったのか、太閤はその翌々年病に伏した。善光寺様の祟りじゃ、との噂が巷にささやかれ始めると、さすが気丈な淀殿も閉口したらしいわな。その本尊を信濃に返したのは、太閤薨去のわずか一月《ひとつき》前じゃったか。

家康の進言に従い、大坂方は早速大仏の鋳造に取り掛かった。

が、木造の大仏殿内で鋳造工事にかかったため、翌年十二月四日火災発生。鋳造中の大仏ばかりか、太閤が国中の大木・銘木を集めて建立させ、地震でも倒壊しなかった大伽藍まで焼失してしまった。

しかし、豊臣の財力はそんなことではビクともせぬはず、もう一押しと家康は、慶長十三年十月再度銅製大仏鋳造と、それを覆う大伽藍の再建を焚きつけた。しかも、

「創建時も作事奉行として手腕を発揮した片桐且元を、こたびも作事奉行にお命じになり、その上に梵鐘と鐘楼も付け加えれば、どえりゃぁ建築好きだった太閤のこと、泉下でも大喜びのはずだわ」

と、単に再々建案を進言したばかりでなく、具体的な奉行、増築工事案まで提案した。

家康の目算通り優れた手腕を発揮した且元の采配と大坂方の巨費投入で工事は着々と進行し、慶長十五（一六一〇）年六月には地鎮祭、同年八月には早くも立柱式を挙行に至った。

家康も、大工棟梁中井正清を派遣したり、大仏の体表に貼る板金や人夫用糧米を送るなど支援は怠らなかった。

さて、そろそろ大仏・大仏殿も完成の頃かの。太閤の言わば命取りになったあの大仏、秀頼の命取りにならねばよいがの、と家康が虎視眈々機会を窺っていた慶長十九（一六一四）年五月、秀頼から書状が届いた。

「大仏と大仏殿の再建も成り、梵鐘も鋳造された。今年は亡父太閤の十七回忌にあたり、豊国社の例大祭も毎年八月に挙行される。ついてはこれを機に八月三日に開眼供養および堂供養を同時に営みたい」

と言う。

すでに大仏開眼供養と堂落慶法要には天台宗の妙法院常胤法親王《じょういんほっしんのう》を導師に、真言宗の三宝院義演准后《ぎえんじゅごう》を呪願《じゅがん》（施主の願望を述べる人）として指名しているという。

「その開眼供養日と上棟供養日を八月三日、同日に営みたい、とな。ほっ、儂の進言であの大仏殿を再建したと申すに、儂に断りものう供養日を勝手に決めたか」

さてと、太閤の大仏開眼供養日はどうだったかの。秀頼は、開眼供養と上棟供養を同日に、と申す。さすれば儂としては別日にせよ、と申すべきじゃな。理由は、ナニ、金地院崇伝に考えさせよう。

独《ひと》り言《ご》ちつつ家康は、書状と共に送付された棟札や梵鐘の銘文の写しに目を走らせる。

棟札とは寺社などの建築・修築の記録・記念として、棟木・梁など建物内部の高所に取り付ける札で、建築年月日、築造の趣意、施主名、大工名などが書かれ、後年その建築物の貴重な資料となる。

今回送付された大仏殿の棟札の写しには、建築年月日、築造趣意などは何ら遺漏なく書かれているが、施主名のところには豊臣方大名の名がずらりと書かれている代わり、大工棟梁の中井正清名がすっぽり抜け落ちていた。

せっかく儂がわざわざ派遣した棟梁の名を落とし、ラチものう無能の輩の名ばかり並べるとはの。

いずれにせよ、大工棟梁の名は書き加えさせねばならぬ。

最後に施主の名に目を走らせた家康は目をむいた。

「なになに、ここにあるこの秀頼の官職、『正二位右大臣豊臣朝臣 秀頼公』は間違うておるぞ。儂の記憶では去る慶長十二年正月秀頼は右大臣職を辞し、その翌年四月に一段上の左大臣宣下を受けたはず」

家康は目をつぶって自分の記憶を確認した。家康の抜きんでた記憶力は数々のエピソードとなって文献にも残っている。

「さすれば、儂の名はどうじゃ。まさか間違うてはおらぬじゃろうの」

目を凝らし、秀頼の隣の施主名を確認する。すると自分の名が「右僕射源朝臣 家康」となっている。

「『右僕射?』、右僕射はたしか唐名で右大臣の意じゃったの。『右大臣源朝臣 家康』の意か。じゃが、これを文字通り続けて読めば源朝臣なるこの儂を弓で射る意に取れる。秀頼の官職は和名で右大臣となっておるのに、同じ職の儂を唐名で書くとは、明らかにこれは儂への挑戦じゃ」

この「秀頼、家康」に同じ右大臣職が朝廷から賜贈されたのには訳があった。

元々、位階官職の任命は天皇とその補佐職である関白の専任事項だが、秀吉は関白になるとその地位を利して自分の親族、家臣を続々と高位高職に付けた。また息子秀頼は蔭位《おんい》制（皇族、高位の公家の子弟は二十一歳になると高位高官を与えられる）で右大臣職を与えられていた。

一方家康は慶長八（一六〇三）年二月十二日令外官《りょうげのかん》の征夷大将軍という官職宣下を受けたが、これは本来は右大臣相当の官職だった。朝廷は家康の政権樹立後も豊臣政権時の位階官職を改めなかったため、本来定員一名のはずの右大臣が、このように二人存在することになったのだ。

「しかも儂はすでに右大臣ではない。慶長八年二月十二日、右大臣・征夷大将軍並びに源氏長者宣下を受けたが、秀忠に征夷大将軍職を譲ったため、同年秋十月十六日にはその右大臣職を辞した。それらをすべて考えれば、この棟札の肩書はすべて偽りじゃ。これらは南禅寺一の学僧天得院清韓文英《せいかんぶんえい》の筆になると聞く。その文英ともあろう者が、さようなこともわきまえず、かような偽りを書くということは何か含んでおるに相違ない。この外にもどこにヤツの企みがあるかわからぬ。一字一句たりとも読み違いしてはならぬ」

清韓は崇伝と同じ京都南禅寺の長老だが、以前より崇伝とは不仲、しかも元々豊臣びいき、反家康をおおっぴらに標榜していた。

家康は先年メキシコの特使から贈られた「目器」を両眼の前にかざし、次に鐘の銘文の判読に取り掛かった。以前梵鐘鋳造を持ち掛けた際、銘文は簡素にと進言していたのだが、これは意外に長い。

「響應遠近」で始まる漢字四文字を一組に、四組で一行が構成される文章で、それが六行あり、最後の七行目は二組八文字で終わっている。

うむ？　なんじゃ？

その五行目二組目の「國家安康」、六行目第一組の「君臣豊楽」、第二組の「子孫殷昌《いんしょう》」との文字に目が留まった。

「『國家安康』…この四文字中に儂の諱《いみな》『家康』が入っておるが、『家』と『康』の間に『安』の文字が割って入り、また『君臣豊楽 子孫殷昌』は素直に読めば『豊臣君子孫の繁栄』となる」

読み進めるうちに家康は背筋がワクワクしてきた。

これよ、これ、儂が探していたのはこれじゃ。大坂方を開戦に引き込む名目よ。
一、開眼供養日と上棟供養日の件
二、棟梁名欠如の件
三、施主家康の官職名誤記の件

方広寺鐘銘

四、銘文の真意の件
これは是非とも大坂方に質《ただ》さねばならぬ。いや、これを大坂方の非として責めねばならぬ。

それにしても、なんという相手方の不用心さよ。いかにも「攻めてくれ」と言わぬばかりではないか。

よし！

直ちに本多正純に金地院崇伝を呼ばせた。

折よく駿府城内金地院に在院していた崇伝が慌ただしく伺候するやいなや、家康は彼を膝近くまで差し招き、その「國家安康」「君臣豊楽」の部分をばんばんと叩いてみせた。

「崇伝、見よ。この銘文の『國家安康』とは何事じゃ。この家康の名を断りものう二つに分けておる。『もののふは名をこそ惜しめ』とは我が源氏の祖、源頼朝公以来武家の習いじゃ。自分の諱を勝手に割られ、武士が黙っていられると申すか？ しかも、その後に『君臣豊楽　子孫殷昌』とな。かような銘文を許すわけには参らぬ」

家康の目が顔を上げた崇伝の目にひたと当てられた。

「念のためこの銘文の本意を京の五山衆に調べさせい。儂の勝手な言いがかりではのうて、儂の言い分こそ正しき理じゃと示してもらわねばならぬ」

それればかりではないぞ、と家康は先の供養日と棟梁名欠如、官職名誤記を指さした。

銘文・棟札は寺社の扁額同様末代まで残るもの、かような不埒な書き方は許さるべからず！

「いずれにせよ、開眼供養・上棟供養は延期。大坂方、且元、清韓にさよう伝えよ。このまま八月三日に挙行など、もっての外じゃ！」

「大御所様、お待たせ…」

茶の支度が整ったと知らせに来た阿茶局が家康のいつにない厳しい表情にぎょっとした顔で立

ちすくんだ。

「ま、怖いお顔を…」

「うむ？　さようか」

「また大坂方から何か…」

それには答えず家康は胸算用した。

且元と文英の両人を駿府に呼びつける…

両人が下向してくる間にこちらからも誰かを大坂に派遣、且元謀反の噂を流す、という手は、どうかの…

それとも別の方策が…

第六章 「さらばじゃ」

［一］ 伴天連追放

慶長十八年十二月二十二日（一六一四年一月三十一日）、家康は満を持して「伴天連追放之文」を発布した。いわゆる「排切支丹文《はいキリシタン》」である。

この追放令は秀吉の天正十五年六月十八日（一五八七年七月二十三日）の「吉利支丹《キリシタン》伴天連《バテレン》追放令」とほぼ同趣旨のものだったが、秀吉が宣教師（伴天連）を攻撃の対象としたのに対し、これはすべてのキリシタンを対象としたものだった。

秀吉がマニラからの南蛮船の乗組員から聞いたという「スペイン王は征服目的地にまず宣教師を送り付け、彼らによって住民を洗脳、その住民の協力によってその地をスペインの植民地とする」という話を、家康自身は頭から信用したわけではないが、やはり宣教師だけを対象に宣教を禁じたり追放したりするだけでは足りぬ。

家康は一六一〇年、長崎での南蛮船爆沈事件（マドレ・デ・デウス号事件）とそれを引き起こした有馬晴信と長崎奉行長谷川藤廣の確執、その二人の確執を利して晴信から賄賂《わいろ》をせしめ、イエズス会に献金した岡本大八など、一連の武士達が深くキリスト教に帰依していることに驚愕、それらがこの令を出すきっかけとなった。

とりわけ岡本大八は家康股肱《ここう》の臣、本多正純の家臣だったし、調べてみると彼の他にも駿府城内の四、五十名におよぶ家臣や侍女達がキリシタンとして公言、城下の南蛮寺に出入りしていることが判明した。

なかでも我が娘のようにかわいがった侍女、おたあジュリアが、頑として棄教を拒んだため、不本意ながら城外へ追放した。鉄砲組頭だった旗本の原主水も追放前に駿府城から出奔した。

自分の足元ばかりではない。日本中に四十万から百万もの一般信徒がいるという。

「皆が皆、頑強な信仰心に凝り固まっていると申す。真に危うい宗教かな。将来我が国に大禍の根を張る前に、彼らを根絶やしにするべきじゃ」

キリスト教を国外に止め、国内のキリシタンを国外に追放する。この法令はその目的だった。キリスト教を日本古来の神道、儒教、仏教三教の敵とし禁止、特にその三教の神学的正当性を示すための令だ。

起草は臨済宗僧侶金地院崇伝に命じた。崇伝は十二月二十一日、家康より起草の命を受け一晩で完成、翌二十二日江戸城にて家康に献じた。

漢文で六七三文字の長文。冒頭に「それ日本は元これ神国也」とし、「キリシタン門徒日本に貿易のため船を遣わすのみならず邪法を弘めんがため、日本古来の正宗を惑わし、ひいては日本の政を歪めんとす。これ大禍の萌しなり」と、この令の趣旨を述べる。この趣旨を徹底するため、キリスト教諸国との貿易はポルトガル船は長崎で、イギリス船・オランダ船は平戸で、と限定することとした。一方従来のアジア諸国との交易は、各大名が自領内で可とした。

最後に、「向後キリシタンは日本国中寸土の地もその手足を置かぬよう、これを追い払う。もしこの命に背かば刑罰を与えん」と結んだ。

一読後、家康は直ちにこれを了としたが、かような布告は隠居した自分ではなく、現将軍たる秀忠の公式令として発布すべしと、自分ではなく秀忠の印を捺させた。

「この儂が亡うなっても、この令は秀忠のみならず、世々代々の将軍令とすべし」

秀忠はこの令を受けて、手始めに長崎と京都にあったカトリック教会を破壊、それまでの諸大名領内のキリシタン家臣の存在を禁じた令から、各大名自身は無論、その領内で一人のキリシタンの存在も許さないとし、翌慶長十九年九月（一六一四年十月）には修道士《イルマン》や主だったキリスト教徒をマカオやマニラに国外追放した。

この結果、各地の教会や大名領から追放されたキリシタン信徒が、国外ばかりでなく豊臣秀頼の籠る大坂城にも逃げ込んでいる、という。

「まさか右近は大坂には行くまいの」

その報を受けた家康の脳裏に高山右近の顔が浮かんだ。

右近、洗礼名ジュスト。親の代から熱心なキリシタン大名、キリシタン擁護者。家康とて決して嫌いではない、むしろ好感さえ抱かせる男。戦陣では勇猛果敢に戦い、主君には忠実、さらに仁政を施すことで領民からは慕われている。味方にすればこれほど有力で信用のおける男はいまい。

「あやつを大坂に入れてはならぬ。かと申して、棄教の説得など金輪際受け入れまい」

父友照、洗礼名ダリオへの半ば恐喝ともとれる秀吉の棄教命令にも頑として信仰を守り抜き、そのために領地・居城を捨てさえした高山父子。そんな男をこのまま大坂方へと追いやってはならない。

「大坂どころか、あやつが国内に居っては危なくてならぬ」

右近が追放令を受けて、それまで庇護されていた加賀の前田家からマニラに発ったのは慶長十九年九月二十四日（一六一四年十月二十七日）だった。同じくキリシタン大名の内藤如安《じょあん》はじめ、日本人修道士・修道女、一般キリシタン、各地に滞在していた外国人宣教師達もまとめて長崎へ送られ、計四百人あまりが数隻の船に分乗、マニラ・マカオに追放された。

右近はマニラに十二月に到着した。すでに高齢でもあり、それまでの心労も祟ったのか、総督フワン・デ・シルバはじめ住民総出の大歓迎を受けた四十日後の翌年一月六日（一六一五年二月三日）、マニラで静かに息を引き取ったという。享年六十三。

ひとまずキリシタン追放令を発布した家康には、まだまだ気がかりが残っていた。

「伊達政宗とて油断ならぬ。本人は『拙者自身キリシタンでもないし、領内にキリシタンを秘匿するなど滅相もない』、と断言しておるが、そのくせ、メキシコから派遣されたビスカイノというなにやら怪しげな大使を儂の代わりにメキシコへ送還すると申して、自前の船を派遣した。あれとて彼の国と直接交易するためで、そのためには相手のキリシタン国に自分をキリシタン擁護者と称するくらいはやりかねぬ」

実際政宗は、慶長十八年九月十五日（一六一三年十月二十八日）、領内の月浦から自前の洋式船でメキシコ向け使節を出立させている。

しかもその船には、政宗の傾倒するソテロとか申す伴天連も乗り組んでおるとの話じゃ。ソテロは、政宗の側室や家臣を病から救ったとて彼の信用を得、時には彼を意のままに操ってさえおると聞く。

家康は、伊達政宗の黒い眼帯に覆われた右眼と、その分炯々《けいけい》と光る左目を思い浮かべた。

あやつの隻眼は常人の両眼以上に目端《めはし》も効き、将来を見据えてもおる。それも自分の将来ばかりか、我が徳川の将来もじゃ。勘ぐって申せば、あやつは自分の将来と徳川の将来を取り替えるくらいのことすらやりかねぬ。

「メキシコだけで戻ってくればよいがの。ソテロの甘言によっては何をしでかすか…　そういえば、先年儂と交渉した前のマニラ総督ドン・ロドリゴもソテロを、油断ならぬ男です、と用心しておった。果たして一行がメキシコにビスカイノを送り届けただけで手ぶらで帰ってくるじゃろうか？」

考えれば、政宗処置も豊臣成敗も、やらねばならぬことばかりだ。しかも自分の年齢。急がねばならぬ。が、急いては事を仕損じる。

ハテ、どちらから手をつけるか…

〔二〕大坂冬の陣・夏の陣

結局、政宗の処置以前に家康が手をつけたのは豊臣家滅亡戦だった。

「長生き比べじゃ。今から五年以内に儂が秀頼を片付けねば、秀頼にやられる」

家康の脳裏には半年前二条城で会った豊臣秀頼の姿が消えなかった。

六尺五寸もある堂々たる風采、しかも分別もあり、大将としての器もありそうじゃ。

「戦の腕はわからぬ。真の故太閤の血筋なら稀代の軍略家になるだろうが、儂の見立てでは、あれは太閤の子ではない。では誰の子かというが、そのあたりは淀殿にしかわからぬ。女は魔物と申すからの。ただあの偉丈夫、あれほどの大兵の父であり、しかも太閤をまんまと欺けるのは、淀殿とは乳兄弟の大野治長くらいではなかろうか。母で淀殿の乳母の大蔵卿局《おおくらきょうのつぼね》とも示し合わせれば、夜陰だろうが、太閤出陣中だろうが、誰一人怪しむまい」

江戸時代の風説だが、文禄の役の際、九州に出陣した秀吉に随行した淀殿が、同じく随軍した治長と密通、翌年生まれたのが「お拾《ひろい》」、後の秀頼、とも言われている。その説に確たる証拠はないが、秀吉が多くの側室を持ちながら淀殿以外に懐妊した正室・側室は別におらず、また大蔵卿局と治長母子の結束の固さと秘密保持力を鑑みれば、その説があながち風説とまでは言えないのではないか。

「誰の子にせよ、もう十年もしたら、あやつは間違いのぅ秀忠を凌駕する。しかも、あやつの世継ぎといわれる國松も十年後には立派に成長しておるはずじゃ」

それに比べ十年先、いや五年先にも儂はこの世からいなくなる。今だとて齢七十を越え、近頃は腹中に巣食う寄生虫、「寸白《すばく》」がしだいに大きうなり、時に暴れ出す。

じゃによって豊臣を滅亡させるには、ここ両三年以内しか、ない！

しかし戦には大義名分が必要だが、さて、それは、と模索していた家康に、豊臣方から京都方広寺再建供養の報が届いた。

それによれば文禄五（一五九六）年の地震で大破した故太閤建立の同寺大仏殿を秀頼が再建し、いよいよその開眼供養を行う、という。その際、新たに建立した鐘楼の梵鐘の銘文まで送られてきたが、それに目を通した家康の目が留まった。

文中の「国家安康」「君臣豊楽」という文字を仔細に検討すれば、「家康」と言う自分の諱《いみな》を「安」の文字で二分し、「君臣豊楽」で豊臣家の繁栄を図る、この義は明らかに豊臣家の徳川家に対する宣戦布告の証左ではないか。

調べよ、との家康の一喝で金地院崇伝は京都五山の各学僧に諮問。崇伝の意を受けた彼らは、いずれも家康の「家康を断じて豊臣の繁栄を祈願するもの」との説を支持した。

それを受けて家康は、京都所司代板倉勝重の息子、重昌を大坂城に派遣、疑義の本意を詰問させた。

その方広寺の建築奉行を務め、またこれまでも大坂・徳川の仲介役を担ってきた総奉行の片桐且元が大坂方の本意釈明のため急遽駿府に赴いた。

が、家康はその且元に直ちに会おうとはしなかった。

「よし、よし、且元、気の毒じゃが、そちにはこれから大役を演じてもらうぞ。しばらくこの駿府に留まりて我が沙汰を待て」

家康からの謁見許可を待ちながら且元が駿府城下に留まっているうちに、しびれを切らした大坂方から第二の交渉役として八月二十九日、大蔵卿局一行が到着した。

家康は且元を差し置いたまま、掌《たなごころ》を返《かえ》すように一行をもてなした。

「ようぅ、はるばる来られたの。秀頼殿は息災かの。お袋様はどうじゃ。我が孫お千はつつがのう暮らしておるか」

満面に笑みをたたえ、自ら上座から降りて大蔵卿局の手を取らんばかりだった。

「大坂方では儂に対し様々言われておるようじゃが、なんの、ここにおいでになれば、さような悪口はまっこと根も葉もないこととおわかりいただけよう。秀頼公はかわいい我が孫、お千の婿君、それにお袋様の淀殿は秀忠の妻の姉様じゃ。かほどに両家がつながっておるに、なにゆえ敵対するわけがござろう。徳川一門および旗下の諸大名とも大坂方への疎意など何一つ持ってはおらぬ。向後もなんらの隔意もござらねば、安堵して帰坂あれ。秀頼殿にもまた淀の御方にもさようお伝え頂きたい」

その口上を聞いた一行は、傍目《はため》にもほっとした表情で互いに顔を見合わせ、直ちに帰坂の途についた。

一行が駿府を発ったその晩、本多正純が、大御所様のご内意でござる、こちらへ、と且元を家康の寝所へ誘った。

家康はすでに白い寝衣に着替えていたが、近う、と且元をそば近くに召し寄せた。

「大坂方への儂の言葉、もうあの乳母殿から聞き及んでおろう」

「大御所様の『徳川一門および旗下の諸大名とも大坂方への疎意など何一つござらぬ』というお言葉でありましょうか」

と且元は言った。さよう、と家康は頷いた。薄暗い燭台の光に家康の目がぎょろりと光った。

「そちら大坂方では、こたびの方広寺再建法要を口実にこの徳川に喧嘩を、いや、戦を仕掛けて参った」

「滅相もござりませぬ」

且元は反論した。しかし家康は半分も聞いていなかった。

「いいや、梵鐘の銘文ばかりではない。大仏の開眼供養日・上棟供養日の勝手な決定の件、棟梁名欠如の件、施主たるこの儂の官職名誤記の件…　言い逃れは許さぬ」

家康の挙げた大坂方への非難はすでに板倉勝重を通じ大坂方へ届いていたからこそ、

「その弁明のためこの且元が、また大蔵卿局が参ったのです」

「わかっておる、これを蒸し返すのは時の浪費じゃ」

と家康は押しかぶせるように言った。

「じゃによって、次の打開策をそちと話し合うため、そちに夜分ここまで来てもろうた」

それは、そちと儂とのこれまでの長～い付き合いを考えてのことじゃ。その策とはの、と家康は声を潜めた。すでにそちの腹中にできており、改めて儂が申すまでもないことじゃが。

「拙者の腹中に、でござるか？」

「さよう、よっく胸に手を当てて考えてみよ」

と家康は短く言い、襖の陰に控える正純に命じた。

「片桐殿がお帰りになるぞ。お見送りを」


大坂に帰る道中、且元は自問した。

大御所は本当に豊臣と和睦を望んでいるのか？ 自分が今回江戸・駿府へ下ってきた道中、どの城下でも両派決戦の空気がみなぎっていた。みな両軍の存亡をかける大戦、という意気込みだった。おそらく第二の関ヶ原戦ともいえる戦となるだろう、と。

一方和睦となれば、これも両軍の存亡をかける交渉となるは必定。故太閤殿下が大御所を上洛させ、臣従を誓わせた先の小牧・長久手戦後のように、今回は徳川方が大坂方へ臣従を誓わせるのか？ 臣従の証として何を要求してくるのか？

且元の頭に二つの条件が考えられた。
(一) 秀頼様もしくは淀殿を江戸に下らせ、臣従を誓わせる。
この場合「江戸に下る」のは秀頼様か淀殿、いずれなのか。また「下る」というのが江戸城への人質になることか、単に「臣従いたします」と誓わせるだけなのか。
(二) 秀頼様が大坂城を出て他国へ移る。
この場合「他国」とはどこで、その際、秀頼様の現有石高は安堵されるのか、減じられるのか。そして主のいなくなった大坂城はどうなるのか。

「万事は大坂に帰り、淀殿、秀頼様母子と大蔵卿局、また総大将としての大野治長殿と協議の上のこと。取るべき方策はその後じゃ」

大蔵卿局の後を追って且元が大坂城に帰り着いたのは九月二十日過ぎだった。

早速大野治長などに自分の判断を家康からの和睦の内意、として伝える。と、一同は、

「それはおかしい。先に帰着した大蔵卿局一行への大御所の返事とはまるで異なる」

異口同音に述べ立て、即座に棄却。そればかりではない。

「片桐殿は駿府にて大御所にうまく丸め込まれたに相違ない」

と、前々からの主戦派の治長の弟、治房や渡辺糺《ただす》がまず声高に疑義を申し立て、それが城内一円に広がった。

九月二十三日、城中にいた織田信雄が、これは内密でござるが、と知らせてきたのは主戦派の且元暗殺計画だった。

そこまで疑われては、と且元は屋敷に戻り防備を固めた。

この動きに驚愕した秀頼と淀殿は主戦派をなだめつつ、且元にも武装解除と登城を命じたが、もはや且元に応じる気はなかった。

九月二十七日、秀頼は且元の執政の任を解き、十月一日、且元は手兵四千を率いて弟の貞隆の守る茨木城に退去した。

且元という交渉手段を失った大坂方は、家康に敵対するつもりはない、と弁明したが、家康が軍備を緩める気配はなかった。むしろ、且元罷免の報を受けて片頬を緩めた。

「よしよし、目算通りじゃな。且元、ようやった。秀頼とこれで袂を分かったわけじゃな。かくなる上は案ずるに及ばぬ。そちの身柄は儂が預かる」

太閤よ、覚えておろう。小牧・長久手の戦後、そちは儂の懐刀ともいうべき石川数正を裏切らせたの。あの時の恨みは儂の骨髄にまで沁みこんでおる。あれから三十年、今こそ儂はその恨みを返すぞ。賤《しず》ヶ岳《たけ》七本槍以来の豊臣家の重鎮、片桐且元を引き抜いてやるのじゃ。

家康はかねての手配通り、京都所司代の板倉勝重を茨木城に急行させ、且元には城を出て京都二条城で自分の上洛まで待機するよう命じた。

もはや戦は必至だった。

且元退去の報に織田信雄・織田信則など信長ゆかりの織田家の人々や、石川定政などの不戦派も続々と大阪城から退去していった。その代わり、明石全登《てるずみ》などキリシタン大名やイエズス会司祭のポッロ神父など多数の神父や一般キリシタンが入城、籠城することとなった。

慶長十九年十月十一日（一六一四年十二月十二日）、駿府を発った家康は京都二条城を経て、十二月六日、茶臼山（大阪市天王寺区）で秀忠と合流した。

「一挙に片付けようなどとは思うな。少しずつ故太閤の着込んだ厚着をはぎ取って参るのじゃ」

家康は関ヶ原戦での遅参を取り戻そうと逸《はや》る秀忠にクギを刺した。

秀頼最側近の一人、片桐且元は大坂方から裏切り者として糾弾され、今や徳川方として二条城で家康の下知を待っている。

「ま、且元には苦労をかけたが、これで且元という上衣は剥ぎ取ったの。信長殿のお身内の信雄殿、信則殿、長益殿（有楽斎）という肩衣はすでに我らの陣営じゃ。とりわけ有楽斎殿はいまだに淀殿のご信任も厚く、大坂城内にお出入りされ、その都度我らに大坂方の動きを逐一お知らせくださる。ありがたいことじゃ」

翌日も住吉で秀忠と会し、その時は本多正信・正純父子、藤堂高虎、安藤直次、成瀬正成などと評定した。その席でも家康は一同に申し渡した。

「前にも申したが、ひと息に本城を攻める策は取らず、こたびは淀川本流を鳥飼あたりで堰き止めよ。これにて、じわじわ大坂城への水回りを枯渇させることじゃ」

秀吉が天然の濠とした淀川その他の川や湿地の水を、処々にある砦の周辺に引き込み孤立させたり、あるいはそれまで湿地帯だった土地を干拓、大坂城を囲む陣地や要塞とした。

「よう考えればこの策も故太閤得意の水利作戦じゃった」

それに大坂方では真田信繁（幸村）以外これはと思われる大大名も参戦せず、十一月初旬に小競り合いらしい衝突が始まったが、大規模な戦闘は行われなかった。

ただ誤算だったのは功を焦った前田利光・松平忠直・井伊直孝らが、家康の許可も得ず十二月四日、真田信繁の守る真田丸に攻撃を仕掛け、多数の死傷者を出すなど手痛い反撃を受けたことだった。

チッと家康は、秀忠らの面前で舌打ちしてみせたが、内心はそれほど打撃ではなかった。

これくらいならよかろ。これで淀殿も、戦とはいかなるものか、心胆を寒からしめたであろうし、我が陣営も気を引き締めたであろう。

思えば関ヶ原戦後もう十五年近く、あの頃武勇をはせた者らも一線を退き、若い者らは真の戦とはいかなるものか知らぬ。これで少々わかったはずじゃ。それに儂としても、この戦いで真田信繁以外、大坂方には武将らしき武将がおらぬことがわかった。

大坂城に籠った兵員数は十万、と聞いているが、明石全登、後藤基次（又兵衛）、真田信繁、長宗我部盛親《ちょうそかべもりちか》、毛利勝永ら五人衆の他にはそれほど大物は居らぬ。塙直之、大谷吉治などは取るに足らぬ。キリシタンも大勢逃げ込んだとされるが、主だったものは明石全登くらいじゃろう。それとて、関ヶ原戦後は浪々の身、黒田家、田中家などキリシタンゆかりの家を頼ったというが、どれも大身《たいしん》ではない。

「そろそろ向こうから何か言って参るはずじゃ」

と待つうちに、織田有楽斎を通じ大野治長からいくつかの和平条件が提示されてきた。その中には、淀殿を江戸に人質に出すとか、大坂方としてはかなり屈辱的な条件もあり、それによって家康は、この戦だけでも大坂方はかなり参っている、との感触を得た。

後水尾帝《ごみずのお》から和睦を仲介する勅使も家康の陣所に来たが、

「我が方の勝利は今や確実。和睦など要らぬ。相手を喜ばせるだけじゃ」

家康は丁重に断った。

十二月十八日、淀殿の妹の京極はつ、剃髪《ていはつ》して常高院が大坂城中から息子京極忠高の今里陣所に来た、との報が入った。家康は、側室というより今は古女房ともいうべき阿茶局《あちゃのつぼね》と本多正純を、今こそ、と和平交渉に取り掛からせ、翌十九日に左の条件での講和に持ち込ませた。

まず淀殿は江戸で預かる、秀頼の領地は減封。大坂城の本丸はそのまま残すが、二の丸、三の丸は濠を埋め立てる。城に籠る浪人共は直ちに「構いなし」すなわち追放処分、とした。

しかし、それを大坂方に伝える予定の二十日夜になって家康は思い直した。

「淀殿の江戸行きはなし。秀頼の領地はこれまで通りとする。その代わり…」

と脇息にもたれたまま顎を撫でた。

「織田有楽斎の息子尚長と大野治長の次男治安を人質とする、との案はどうじゃ」

はぁ？　と本多正純が家康の顔を仰いだ。

「それでは大坂方の戦意は衰えませぬ」

「よいのじゃ。一足飛びにはせぬ。じわじわと、な。そして最後に息の根を止める」

家康がまず血判誓紙を認《したた》め、翌日秀忠も同様の誓紙を認め、同時に諸将に大坂城攻撃を停止させた。大坂方からも秀頼と淀殿からの誓紙が届き、これにより冬の陣は終息した。

その後も秀頼側は誓紙通りに二の丸、三の丸の外堀は埋めたが、家康側の意を受けた外様大名達が勝手に二の丸、三の丸を破却、さらに本丸の濠まで埋め立ててしまった。これに抗議した秀頼に対し、家康は慌てた口調で、

「ナニ、さようなことまでは和議の条件には入っておらぬ。奉行の聞き違えであろうから、即

刻工事は中止じゃ」

と述べたが、時すでに遅し、埋め立て工事も破却工事もほぼ完了していた。

しかも、その弁明の舌も乾かぬうちに、家康は秀頼に対し、

「大坂方では冬の陣後も浪人共を召し抱え、戦準備をさせている、との巷間の噂あり…」

和議で大坂城から追放させたはずの浪人共が、いまだに城内に立てこもっているなら、

「いっそ秀頼公ご自身城を明け渡し、大和もしくは伊勢への国替えをしたらどうじゃ」

と煽り立てた。無論秀頼・淀殿母子が猛反発するのを見越しての無理難題だった。


翌慶長二十年四月四日（一六一五年五月一日）、九男で尾張藩主の義直婚儀のため、との口実で家康は駿府を出立、十八日、京都二条城に着、機の熟すのを待った。

五月六日、家康は再び茶臼山に陣を張り、七日と八日、本格的な戦闘が開始された。

豊臣方五万五千に対し、家康側総勢十五万五千。最新式の大砲、銃、兵糧など万全の備えに加え、なによりも戦意に勝る家康側が終始優勢を極め、わずか二日後の八日正午過ぎ秀頼・淀殿は自害。秀頼享年二十三、淀殿こと浅井長政長女茶々、享年四十六。秀頼の長男國松処刑。

これにより豊臣家は完全に滅亡した。

〔三〕　寸白《すばく》の虫

同年七月七日、大坂夏の陣の勝利を受けて家康はまず伏見城にて「武家諸法度」を制定した。同月十三日宮中に「改元」を奏上、帝よりの勅許を得て元号を「元和《げんな》」と定めた。その勅許を得るやいなや、かねてよりの朝廷対策の極め付きともいえる「禁中並びに公家諸法度」を制定した。

「これにて『武』の世は終わりじゃの。これからは戦によらず『令』による時代じゃ。『令』を以って天下に『和』を布《し》く、信長殿の『天下布武《てんかふぶ》』から徳川の『和』の時代に入る。言うてみれば『天下布和』じゃ。『天下布令』じゃ」

この時代を江戸時代中期以後の儒者は「元和偃武《げんなえんぶ》」と呼ぶ。

偃武とは、武を止めること。戦を終わらせること。中国古典『書経』周書・武成篇の「王来自商、至于豊。乃偃武修文」（王　商自《よ》り来たり、豊に至る。乃ち武を偃《ふ》せて文を修む）に由来し、武器を武器庫に収めることを指すという。

応仁の乱以来、一五〇年にわたって続いた大規模な軍事衝突が終了したこと、天下の平定が完了したことを言う。

元和二年丙辰正月元日（一六一六年二月十七日）、駿府城で一人正月の賀を祝った家康のもとに江戸の秀忠から歳首の賀と共に江戸城内の賀の次第が報告されてきた。

それによると、改元と平和な新年、という二つの賀の祝日、大勢の大小名が歳首の賀に駆け付けた、という。

秀忠は黒書院に座を占め、彼らの面前で竹千代を自分の左側に着座させ、弟の國松にはその二人に臣下の礼を取らせた、と聞く。

竹千代も早や十三歳、長袴を着し、秀忠からの盃を臆することなく受け取って飲み干したとのこと。自分が次代の将軍との自覚も芽生えてきたはずじゃ。祝着至極。

その他の新年の式次第についても秀忠は家康に詳細に報告してきたが、

「これぞ、竹千代から代々の将軍家の新年の礼式として伝えられてゆくべきものじゃ」

として、家康はすべて承認した。

また請われて歳首の歌、「治れる大和の國に咲匂ふ幾万代のはなのはるかぜ」も作り、送った。

それには秀忠も「万代の春に契りて梓弓《あずさゆみ》やまと島根に花を見る哉」と返してきた。

江戸城での賀の儀を終えた諸大名は、その流れで駿府の家康の許へも大勢伺候してきた。

「じゃが儂はもう隠居の身、秀忠の跡目も竹千代としっかり定めてやったし、なにも隠居じじいの許に顔色伺いに参ることもあるまい」

と、家康は正月の松飾りも取れぬ五日からいつもの田中（藤枝）へ鷹狩に出た。

しかし、林羅山と金地院崇伝が歳首に登城、との報に馬首を回《めぐ》らし、二人にかねてから腹案していた「群所治要」（唐の太宗が魏徴らに命じて編纂させた政治の参考書。『論語』『老子』『史記』『漢書』ほか六十以上の文献から治世の参考となる語を抜粋したもので、六三一年成立）の駿河版活版印刷を命じた。

これぞ儂亡き後の徳川体制の背骨を成す「治世の要」じゃ。儂の、秀忠への、竹千代への、いやその子、孫、代々の将軍への遺訓たるものじゃ。

遺訓といえば、そうじゃ、と家康は膝を叩いた。

「我が先祖代々の菩提寺、大樹寺の名じゃが……」

たしか大樹《たいじゅ》とは、唐名で征夷大将軍の官職の意じゃった。鎌倉幕府を開いた源頼朝公は、唐名「武衛《ぶえい》」を称されたが「武衛」も征夷大将軍の意じゃ。これからの将軍名に「武衛」を使うのは頼朝公に対して畏れ多い。じゃが、いみじくも我が菩提寺名は大樹寺。征夷大将軍家の菩提寺にふさわしい寺名じゃ。我が菩提寺は将軍家の菩提寺そのものを指すことになる。

儂はもはや将軍位を秀忠に譲ったゆえ、初代「大樹」は秀忠じゃ。まずは秀忠を大樹と呼び、向後代々の我が徳川の将軍家を「大樹」と呼ばせよう。

再び田中へ鷹狩に戻ったのが二十一日（一六一六年三月八日）、腹中のこれまでになかったほどの痛みを感じたのがその夜だった。

夜半、みぞおちから下腹部の鈍重な痛みに、ウムッ、と家康は思わずみぞおちのあたりを両手で押さえた。皮膚の下には、なにやら固い直径一寸半ほどのしこりが、指で触るまでもなく掌全体で感じ取られた。

また例の虫かの。

ここ四、五年、腹中に巣食っている寄生虫「寸白《すばく》」(サナダ虫などの条虫)がまた暴れ出したに相違ない。

こやつがどんどん腹中で成長して、悪さをしよる。

近頃は痛みだけでなく、吐き気すら起こさせる。胃からも苦いおくびが口中に出て、そのため食欲も湧かない。

正月に食した揚げ物、あやつのせいか? あれはたしかに旨かった。茶屋四郎次郎の献上した南蛮油で揚げた鯛のスリ身。魚もかように油で揚げれば美味じゃの、と思わず箸が進んだが、その後、例の腹の虫が珍奇な料理に喜んだのか暴れ出し、吐くは、下《くだ》すは、大苦しみをした。

日頃からあまり珍奇な物、冷やしすぎる物、熱すぎるものは口にせぬようにしておるのに、つい正月は特別、と儂としたことが油断しすぎじゃった。

あの日以来めっきり食欲が衰え、そのせいか、太ももがどんどん痩せてきて乗馬も難儀になった。

このままでは衰えるばかりじゃ、と気を取り直し、いつもの鷹狩に出かけた。

大御所様、この寒さの中お出かけになってはお体に障ります、と侍医の片山宗哲がしきりに止めたが、そう言われれば言われるほど寸白以前から儂に巣食って居る生来の「狩りの虫」が出てきて、ナニ田中あたりなら駿府から馬に一鞭の距離、大事あるまい、と気軽に出発したのが「寸白」のそれこそ疳《かん》の虫にあたったのかもしれぬ。

みぞおちの激痛に思わずウッと呻き声が出る。さらに吐き気まで加わった。喉元を擦過して口中いっぱいにこみ上げた胃からの吐瀉《としゃ》物を枕盥《たらい》に吐く暇もなく、とっさに懐紙で受け止めた。そこに溢《あふ》れたのはどす黒い血液だった。その拍子に大便も漏れた。

駆けつけた片山宗哲の薬を服用、吐くものも治まり、不寝番の小姓に下帯や寝間着を取り替えさせた。

大御所様、ご不例《ふれい》、と聞くや、在府の者すべて田中へ駆けつけたが、病状は持ち直し、二十四日駿府へ帰城した。

その間、江戸の秀忠にも早馬の報告が入り、秀忠はまず青山忠俊を駿府へ差し遣わす。その一方、二月一日には自身江戸城を発ち、二日駿府城西の丸着、そのまま昼夜を問わず枕頭《ちんとう》に侍り続けた。

病状が持ち直したのを自ら確認した家康は、秀忠、本多正純、金地院崇伝、南光坊天海など側近重臣を枕辺に呼び寄せ、今後の幕政に関する諸事を矢継ぎ早に命じた。

「我ながら、よくもかように次々思いつくものじゃて。死ぬる前には人間もいっとき神がかりになるものかの」

まず、秀忠の幕府政治の基礎が整備されたことを確認する。大坂夏の陣終了直後に制定した京都の朝廷および公家の生活を規定する「禁中並びに公家諸法度」、次いで全国の大小名や武家の身分などを規定する「武家諸法度」。これらがうまく機能すれば、当面は安泰じゃ。

じゃがこれも財の裏打ちなければ、まさに絵に描いた餅よの。じゃによって、

「慶長十六年以来、駿府へ収めさせてきた上方および諸国の天領の内、大部分は江戸に収めさせよ。その代わり美濃・伊勢・近江の内十三万石は駿府へ、また駿河・遠江・尾張の年貢は頼宣・義直領へ……」

図面も見ず淀みなく指図する家康に、傍らに侍する本多正純は舌を巻いた。

同じ頃、彼の父正信も隠居を宣言、自分に家督一切を継がせる手続きを行った。が、本多家の家督はわずか二万五千石、大御所様の日本全国に及ぶこの政治・財政・外交・禁裏公家諸法度・寺社諸法度などあらゆる方面への手配の見事さよ。大御所様の知恵袋といわれた父上でさえ到底及ばぬ。いや、比ぶことすら畏れ多い。

二月の半ば過ぎの昼近く、家康は目を覚ました。近頃は昼となく夜となく痛みにさいなまれ、痛みが軽くなると自分でも意識せずにコトリと眠りに落ち、また痛みで目覚める、の繰り返しだった。その痛みが今回は感じられず、その代わり、まるで腹部が巨大な石に押しつぶされるような異常な重みだった。

おのれ、寸白め、かように大きうなったか、と腹中の寄生虫に向かって毒づく。

我が身の内でありながら、もはやここまで育っては、薬では退治することもできぬ。獅子身中の虫とは、まさにこのことじゃ。

が、そうじゃ、ものによってはここまで育たぬうちに退治してしまえば、防げることもある。

渾身の力を振り絞って半身を起こし、脇息を腰にあてがい姿勢を整えると、身辺に詰めていた秀忠はじめ家中の者達を差し招いた。

「これだけは徳川の世の続く限り忘れぬように申し渡す」

日本国内にキリスト教布教を許してはならぬ。これは、恐ろしき宗教じゃ。国を亡ぼすものじゃ。寸白と同じように国の内部に巣食い、国を弱らせ、国を身内から食い破るものじゃ。たとえ忠義の家臣と言えども、その者がキリスト教を戴く限り、その者の頭上には主君を越えてさらにキリスト教の神なる存在がある。たった一人のバテレンと言えど、我が国内の潜伏を許さば、いつの間にか百人、千人のキリシタンを生ぜしむ。バテレン一人、キリシタン一人の内に芽を摘むのじゃ。大火にならぬうちに火種を消すのじゃ。儂がこれまで手を焼いてきた三河や加賀・越中の一向一揆、本願寺の門徒衆の抵抗などよりキリスト教は数倍も手ごわい。くれぐれも心して立ち向かうのじゃ。

そこまで言うと家康は乾ききった両唇をなめた。

さらに言葉を続けようとしたが、口中が乾ききって舌がもつれる。秀忠は家康の息のかかる所まで顔を近づけて、

「御案じには及びませぬ。バテレンもキリシタンも、この日本国中寸土も踏ませませぬ。この秀忠、これまで父上のお言葉に背いたことなどありましょうや」

と叫んだ。

事実秀忠は、家康臨終後直ちに「伴天連宗門御制禁奉書」を発し、日本中にキリスト教を厳禁するとともに、外国商船の入港を平戸・長崎の二港に限定した。

また、追放されたはずの宣教師が九州大村領に潜伏、との報に、キリシタン領主大村純頼を棄教させ、その領内に潜伏していた四人の宣教師と二人の宿主のキリシタンを斬首。これを皮切りに一連の京都、長崎、江戸、東北、平戸などキリシタン大迫害を実行した。

［四］　さらばじゃ

三月二十九日、駿府城へ後水尾帝からの病気見舞いの勅使、武家伝奏の廣橋大納言兼勝と西三條大納言實條《さねえだ》が到着した。

家康は衣冠束帯の装束を身にまとい、這うようにして勅使を出迎えたが、さすがに勅使饗応の席には出席できず、代わりに緋色の直垂《ひたたれ》を着した秀忠が下座から勅使に対面した。両勅使も同じく直垂姿で上座から対面した。その後秀忠は、和歌管弦の宴を催し、正月に家康が作った「治れる大和の國に咲匂ふ～」の歌が披露された。

四月に入ると家康の病勢は日増しに悪化していった。

四月二日、本多正純、金地院崇伝、南光坊天海を呼び、一連の死後の処置を遺言した。

「我死して後、我が遺体は駿河久能山に葬り、葬礼は江戸増上寺にて挙行、位牌は三河の徳川家代々の菩提寺、大樹寺へ祀れ。一周忌過ぎれば我が霊を下野国日光の小堂に勧請《かんじょう》せよ。以後は我『関八州の鎮守』とならん」

瀕死の床にある重病人とは思えぬはっきりした声音だった。

しかしその日以降、食がほとんど喉を通らなくなった。腹中の重い物がさらに重量を増し、それがどこまでも深く深く沈み込み、それに引かれて全身が地底に引っ張り込まれるような重さだった。

「うぅ〜む、重いのぅ、重いのぅ」

家康は夢とも現《うつつ》ともつかず呻いた。重い、まるで一生背負ってきた重荷に押しつぶされるかのようだ。その重みに引っ張られるように地底に落ちてゆき、そのまま自覚せぬうちに浅い眠りに入る。が、まどろんだと思うと、すぐハッと目覚める。

そうじゃ、儂にはまだまだ言い置くことがある、とその日も枕頭に侍る秀忠を手招いた。

「そちは大樹の位をすでに十年余り滞りのう務めて参った。天下の政をかように無事差配して参った手腕を見れば、儂亡き後も、なんの憂いがあろうか。向後もこのまま天下の政に於いてはいささかも不道あるべからず」

ここまで一息に言うと、痰が喉にからまり、ヒューヒューという海女笛《あまぶえ》のような音がしばらく続いた。その背をさすろうとにじり寄る秀忠を手で制し、息を整える。やがて声音を改め、ここが肝要じゃ、と一語一語絞り出す。

「もし、諸国の大名、汝の命に背き、参勤に怠るものあらんには、一門世臣というともすみやかに兵を発し、誅戮《ちゅうりく》すべきなり」

ハッと秀忠は後ろに控える重臣達を振り返った。

「『一門世臣というともすみやかに兵を発し、誅戮すべきなり』、と父上は申されるか。これまでも彼らは何代にもわたりて我が徳川に忠義をつくしてきてくれましたぞ。今さら何を…」

家康は、わかっておる、と言わんばかりに頷き、今度は後ろに控える石川主殿頭忠総《とのものかみただふさ》はじめ諸大名を差し招いた。

「今度はそち達に申す。万一、大樹の政務に僻事《ひがごと》あらんには、各々かはりて天下の政道図らうべし」

「大御所様、そこまで申されるは無用のことにござる、御所様のご政道、僻事など…」

一同が異議を唱えようと頭を上げると、家康はそれを手で制し、さらに語を強めた。

「よう聞け。天下は一人の天下にあらず。天下は天下の天下なれば、もし我が子々孫々の政道に僻事ありて、汝らこれを正すとも、我これを恨まず」

その後は言葉が続かず、荒い息ばかりが肩を揺らしていたが、秀忠は、

「父上、ご心配ご無用にござる。この秀忠、天下に恥なきご政道を守りまする」

と諸大名にも聞かせるように大声で誓った。

この日以後、家康の病状はある時は小康を得、ある時は高熱を発し、の一進一退を繰り返したが、終始意識は明瞭だった。

秀忠はその後も江戸城には戻らず、駿府城西の丸に起居して連日家康の枕頭に侍った。

秀忠ばかりではない。九男尾張城主徳川義直、十男紀州城主徳川頼宣《よりのぶ》、十一男水戸城主徳川頼房も秀忠の傍らに常座し続けた。その四人の顔を認めた家康は秀忠に言った。

「一門世臣というとも親疎愛憎を以て政事を乱すべからず。古来公事に私事をさしはさむは乱の元なり」

この時、家康の脳裏には六男の松平忠輝の顔があった。また次男故結城秀康の長男忠直の顔も浮かんだ。

忠輝は生母茶阿局《ちゃあのつぼね》（前出の阿茶局《あちゃのつぼね》とは別人）共々駿府八幡まで駆けつけ、枕頭への出頭を願っていたが、家康は最後まで目通りすら許さなかった。忠輝は大坂夏の陣でも常に総指揮下の軍律を乱した上、戦功への報酬を要求、それが通らないと周囲にまで不満を漏らすなど、家康の意に反する行動をとり続けた。

それればかりか、私生活でも乱行乱費を繰り返していた。

「その上、やつは伊達政宗の娘五郎八《いろは》姫の夫で、父親たる儂より義父の政宗の言いなりじゃ」

家康は病床でも忠輝の顔を思い出すたびに、伊達政宗の顔が重なって見えた。

「政宗が儂に刃向かう時は、忠輝は政宗側に付くであろう」

しかしそれほど警戒された当の伊達政宗は忠輝城外待機の間も毎日家康の枕頭に侍り、その後幕末まで伊達藩は安堵されたのだから、家康の、忠輝憎し、は他に根拠があるのかもしれない。

忠輝だけではない。秀忠・忠輝の兄、故結城秀康の長男忠直も家康をいつも不快にさせていた。忠直は、慶長十二（一六〇七）年、父秀康の死に伴って越前七十五万石を相続、その後、秀忠の娘、勝姫を正室に迎えたが、家中に騒動が絶えなかった。本人の行状もしだいに粗暴になり、大坂夏の陣では功をあげたが、それに見合う論功行賞が得られなかったとして、祖父家康にも叔父秀忠にも恨みを抱くようになった。その点は叔父の忠輝と共通したものがある。

「忠輝といい、忠直と申し、何故かように不出来者が揃うたのかの」

家康は日頃から述懐していたが、もはやこれは大樹にまかせる他なし、とあきらめの境地だった。

「ただし…」

義直、頼宣、頼房は例外じゃ、と家康は言い添えた。

「この三人はいまだ幼き年齢なれば、その行く末が儂のもっとも案じられる点じゃ。親疎愛憎を政の基本としてはならじ、と申したが、この三名については、斟酌《しんしゃく》を、斟酌を、…、頼む」

ここまで言うと、家康の病に面変わりした頬に大粒の涙が滴った。

「心得てござる。この秀忠に二言はござりませぬ。お心易く思し召せ」

四月十七日巳刻（一六一六年六月一日午前十時）、家康逝去。享年七十五。

あとがき

私は本書に先立って二〇一九年秋『家康とドン・ロドリゴ』という著作を発表した。内容は一六〇九年秋、ドン・ロドリゴというスペイン系メキシコ貴族が房総半島の御宿海岸漂着、徳川家康と政策交渉をしたという史実を元にした作品である。

その作品では、徹底してドン・ロドリゴの視点からの日本（当時のジパング）への関心を、憧憬を、恐怖を、そして時の皇帝徳川家康との国是を掛けた交渉過程を描いた。

それを書き続けるうちに、今度はそのドン・ロドリゴとの折衝時、相対した家康がどのような態度・心情だったのか、そしてそれを支えた背景に何があったか、に興味をそそられずにはいられなくなった。

ドン・ロドリゴばかりでなく、関ヶ原戦直前に漂着したオランダ船リーフデ号船員とその航海長でイギリス人のウィリアム・アダムス、ドン・ロドリゴの来日と同年来航し国交と通商を求めたオランダ使節一行、メキシコからロドリゴ救出の返礼にやってきた大使ビスカイノ、アダムスの母国イギリスからの使節セーリスなど、大航海時代（十六～十七世紀）にかけて次々と日本にやってきた欧米人達。

彼らを迎え、彼らと交渉し、彼らをある時は利用、ある時は排除、ある時は彼ら同士を競わせて、利害を比較、その後の二百六十年に及ぶ対外政策の基本を確立した家康。

また国内的にも豊臣家を滅亡させ真の日本統一を実現、朝廷や寺社を諸法度で規制、儒学を立国の基本思想として士農工商制度を確立、幕藩体制を盤石のものに仕立て上げた家康。

家康こそ稀代の政治家ではないか。それも、単に日本のその時代の政治家、というだけではない。

古今東西世界でも稀な傑出した政治家ではないか。

その家康を武将としてではなく、政治家として描きたい！

そう思って、身の程もわきまえず六年の歳月を費やして家康と取り組んできた。

そして、関ヶ原から臨終までの家康の最後の日々を書き終えた今、まえがきで述べたように芳賀徹先生の「実際に面白いのは関ヶ原以降であり、家康が駿府でスペインなどとやり合った時代だ。スペイン勢力の正体を見破り、キリスト教禁令を発布する。その駆け引きは見事であり、平和な徳川時代を築くことにつながった。もっと調べて小説にすれば面白いのだが…」のお言葉をあらためて実感している。

芳賀先生、私の家康は先生のご期待に添えたでしょうか？

いずれにせよ、このような大政治家が今日本に存在していたら、日本の政治も、いや世界中の政治も別の姿を見せてくれるのではないか、とすら思える。

家康、「推し！」である。

今回も本書は出版界の老舗「冨山房インターナショナル」社にお引き受け頂いた。同社の坂本嘉廣会長、坂本喜杏（喜久子）社長に、また編集の労を取って下さった新井正光氏に引き続いて感謝申し上げたい。

装丁は前回同様著名なアートディレクターの浅葉克己氏に快諾を頂いた。

帯の推薦のお言葉は家康ゆかりの久能山東照宮の名誉宮司で同東照宮博物館の現館長、落合偉洲様にお引き受け頂いた。

身に余る光栄だ。

最後にいつも傍らにあって叱咤激励してくれた夫岸本恭一と応援してくれた子供達に深甚の感謝を伝えたい。

二〇二四年　夏

岸本（下尾）静江

参考資料

"*Orizaba: nobles criollos, negros esclavos e indios de repartimiento*" Gonzalo Aguirre Beltrán, Universidad Veracruzana, 1989
『ドン・ロドリゴ物語』金井英一郎　新人物往来社　一九八四
『慶長遣欧使節―徳川家康と南蛮人』松田毅一　朝文社　二〇〇二
『三浦按針の生涯　航海者（上・下）』白石一郎　文春文庫　二〇〇五
『家康とウィリアム・アダムス』立石優　恒文社　一九九六
「ガレオン船が運んだ友好の夢」（日本メキシコ交流四〇〇周年記念展資料）たばこと塩の博物館　同上編　二〇一〇
『さむらいウィリアム』ジャイルズ・ミルトン　築地誠子訳　原書房　二〇〇五
『黄金の日日』城山三郎　新潮社　一九七八
『望郷のとき』城山三郎　角川文庫　一九八三
『日本見聞記（*Relación y Noticia del Reino del Japón*）』ロドリゴ・デ・ビベロ　大垣貴志郎監訳　たばこと塩の博物館　一九九三
『ジパング島発見記』山本兼一　集英社　二〇〇九
『クアトロ・ラガッツィ』若桑みどり　集英社　二〇〇三

『地方史より見た江戸初期の日西交渉と鎖国』（私家版）古山豊　一九八四
『資料にみるロドリゴ上総漂着とその意義』（私家版）古山豊　出版年不明
『阿蘭陀とＮＩＰＰＯＮ』（日蘭通商四〇〇周年記念展図録）長崎歴史博物館　たばこと塩の博物館
二〇〇九
『覇王の家』司馬遼太郎　新潮社　一九七九
『関ヶ原（上・中・下）』司馬遼太郎　新潮文庫　一九七四
『イダルゴとサムライ―16・17世紀のイスパニアと日本』ファン・ヒル　平山篤子訳　法政大学出版
局　二〇〇一
『徳川家康のスペイン外交』鈴木かほる　新人物往来社　二〇一〇
『侍とキリスト―ザビエル日本航海記』ラモン・ビラロー　宇野和美訳　平凡社　二〇一一
『南蛮美術の光と影：泰西王侯騎馬図屏風の謎』（神戸市立博物館展覧会図録）サントリー美術館他編
日本経済新聞社　二〇一一
『天正遣欧使節』松田毅一　講談社学術文庫　一九九九
『メキシコの歴史』国本伊代　新評論　二〇〇二
『ドン・ロドリゴ日本見聞録・ビスカイノ金銀島探険報告』村上直次郎訳注　駿南社蔵版　一九二九
『女王陛下は海賊だった―私掠で戦ったイギリス』櫻井正一郎　ミネルヴァ書房　二〇一二
『大航海時代の戦争―エリザベス女王と無敵艦隊』（世界の戦争6）樺山紘一編　講談社学術文庫　一

九八五
『図説スペイン無敵艦隊　エリザベス海軍とアルマダの戦い』アンガス・コンスタム　大森洋子訳　原書房　二〇一一
『大航海時代と日本』五野井隆史　渡辺出版　二〇〇三
『スペイン王権史』川成洋・坂東省次・桑原真夫　中公選書　二〇一三
『メキシコ』（世界の国ぐにの歴史10）中山義昭　岩崎書店　一九九〇
『16-17世紀 日本・スペイン交渉史』パステルス　松田毅一訳　大修館書店　一九九四
"*Le testament de Rodrigo de Vivero*"（ロドリゴ・デ・ビベロの遺言状）岸本(下尾)静江訳　御宿町国際交流協会　二〇一三
『ヨーロッパ文化と日本文化』ルイス・フロイス　岡田章雄訳注　岩波文庫　一九九一
『マゼラン　最初の世界一周航海』ピガフェッタ、タランシルヴァーノ　長南実訳　岩波文庫　二〇一一
『オランダ東インド会社』永積昭　講談社学術文庫　二〇〇〇
『東アジアの「近世」』岸本美緒　山川出版社　一九九八
『黄金の島ジパング伝説』宮崎正勝　吉川弘文館　二〇〇七
『ルイス・フロイス』五野井隆史　吉川弘文館人物叢書　二〇二〇
「慶長年間ポルトガル船の爆沈事件について」五野井隆史　論文

『16－17世紀の日本におけるフランシスコ会士たち』トマス・オイテンブルグ　石井健吾訳　中央出版　一九八〇
『キリシタン時代におけるフランシスコ会の活動』ベルンヴァルト・ヴィレケ　伊能哲大訳　光明社　一九九三
『日出ずる国のフランシスコ会士たち』トマス・オイテンブルグ　伊能哲大訳　光明社　一九九三
『信長とフロイス』（完訳フロイス日本史2　織田信長篇Ⅱ）ルイス・フロイス　松田毅一、川崎桃太訳　中公文庫　二〇〇〇
『安土城と本能寺の変』（完訳フロイス日本史1　織田信長篇Ⅰ）ルイス・フロイス　松田毅一、川崎桃太訳　中公文庫　二〇〇〇
『信長公記（上・下）』太田牛一著　中川太古訳　新人物往来社　二〇〇六
『南蛮のバテレン』松田毅一　朝文社　一九九一
『ベアト・ルイス・ソテーロ伝―慶長遣欧使節のいきさつ』ロレンソ・ペレス　野間一正訳　東海大学出版会　一九六八
『15－17世紀　イベリア半島に於けるユダヤ人の歴史』「京都ユダヤ思想」9号など　web検索
『近世初期の外交』永積洋子　創文社　一九九〇
『「鎖国」への道すじ』今村明生　文芸社　二〇一二
『家康、江戸を建てる』門井慶喜　祥伝社　二〇一八

“*They came to Japan*” Edited by Michael Cooper, The University of Michigan, 1965

“*ANJIN-The Life & Times of Samurai William Adamus, 1564-1620*” Hiromi T. Rogers, RENAISSACE BOOKS, 2016

『異国往復書翰集・増訂異国日記抄』村上直次郎訳註　雄松堂書店　一九六六

『信長はなぜ葬られたのか—世界史の中の本能寺の変』安部龍太郎　幻冬舎新書　二〇一八

『戦国武将の家臣団』「歴史道№1」　週刊朝日ムック　二〇一八

『戦国日本と大航海時代—秀吉・家康・政宗の外交戦略』平川新　中公新書　二〇一八

“*La amistad del Japón: Rodrigo De Vivero y Velasco la alaba frente a Juan Cevicós, capitán y maestre del Galeón San Francisco*” Emilio Sola Castaño, 2005

『徳川実記』（新訂増補国史大系38〜52）　吉川弘文館

『徳川家康』藤井譲治　吉川弘文館人物叢書　二〇二〇

『大御所　徳川家康』三鬼清一郎　中公新書　二〇一九

『徳川秀忠』山本博文　吉川弘文館人物叢書　二〇二〇

『豊臣秀頼』福田千鶴　吉川弘文館歴史文化ライブラリー　二〇一四

『久能山東照宮』「静岡人」vol.02　静岡旅行記者協会　二〇一〇

『謎解き「徳川家康」』「静岡人」vol.03　静岡旅行記者協会　二〇一五

『文明としての徳川日本　1603-1853』芳賀徹　筑摩選書　二〇一七

『按針』仁志耕一郎　ハヤカワ時代ミステリ文庫　二〇二〇
『茶聖』伊東潤　幻冬舎　二〇二〇
『家康の時計　渡来記』森威史　羽衣出版　二〇一七
『戦国時代の京都を歩く』河内将芳　吉川弘文館　二〇一四
『歴史のみち草―埋もれた真相に挑む』史遊会編　彩流社　二〇一〇
『大坂の陣と豊臣秀頼』（敗者の日本史13）曽根勇二　吉川弘文館　二〇一三
『戦国乱世から太平の世へ』（シリーズ日本近世史①）藤井譲治　岩波新書　二〇一五
『セーリス日本渡航記／日本滞在記』（新異国叢書6）セーリス、サトウ著　村川堅固・尾崎義訳　岩生成一校訂　雄松堂書店　一九八〇
『みんな彗星を見ていた―私的キリシタン探訪記』星野博美　文芸春秋　二〇一五
『バテレンの世紀』渡辺京二　新潮社　二〇一七
『日本近世の起源―戦国乱世から徳川の平和へ』渡辺京二　洋泉社　二〇〇八
『日本史の裏側』磯田道史　中公新書　二〇一七
『日本史を暴く』磯田道史　中公新書　二〇二二
『世界を動かした日本の銀』磯田道史他　祥伝社新書　二〇二三
『日本水銀鉱床の史的高札』「地理学ジャーナル」4号　一九六三
『徳川幕府の対明政策と琉球侵攻』webにて諸説検索

『政宗の陰謀―支倉常長使節、ヨーロッパ渡航の真相』大泉光一　大空出版　二〇一六

"*Los condes del valle de Orizaba, su legado en la ciudad de Tulancingo*" María Esther Pacheco Medina., Universidad Autónoma del Estado de Hidalgo, 2017

大航海時代年表（ヨーロッパ、新大陸、日本を主に）

西暦	月	日	和暦	月	日	事象
一四九二						コロンブス、カリブ海のサン・サルバドル島に到達
一四九四	6	7				トルデシリャス条約（ヨーロッパ以外の世界をスペインとポルトガルで分割するという条約）
一五一七	10	31				マルティン・ルター宗教改革
一五一九～二二						マゼラン艦隊世界周航
一五四三	1	31	天文11	12	26	徳川家康誕生
	9	23	天文12	8	25	ポルトガル人種子島に鉄砲を伝来
一五四九	8	15	天文18	7		フランシスコ・ザビエル来日。日本にカトリック布教
一五五〇						平戸にポルトガル船初来航
一五五〇～						中南米各地で銀鉱脈発見。一五五六年以降アマルガム法による銀製錬法で世界の銀生産量の半分を産出
一五六四						ロドリゴ・デ・ビベロ、メキシコで誕生
						ウイリアム・アダムス、イギリスで誕生
一五七一						メキシコから太平洋経由のスペイン人、フィリピンのマ

						ニラ占拠。東洋への拠点とする
一五八二	2	20	天正10	1	28	バリニャーノ、天正遣欧少年使節を伴いローマへ出発
	6	21		6	2	信長、本能寺の変
一五八四	7			6		マニラ経由のスペイン船平戸初入港
	11	11		10	9	スペイン王子（後のフェリペ三世）の立太子式に天正使節出席。その後ローマで法王に謁見。大歓迎を受ける
一五八八	7	31		6	8	スペイン無敵艦隊イギリスに敗る（〜八月八日頃まで）
一五九二〜九八			文禄1			豊臣秀吉朝鮮出兵（文禄・慶長の役）
一五九六						オランダ艦隊東インド到達
	10	19	文禄5	8	28	マニラからのスペイン船サン・フェリペ号、四国の浦戸漂着
一五九七	2	5	慶長1	12	19	秀吉、サン・フェリペ号乗船の宣教師および日本人信者、長崎で磔刑（二十六聖人）
一五九八	9	18		8	18	豊臣秀吉死去。その五日前スペインのフェリペ二世死去
一五九九	7	21	慶長4	5	29	家康、マニラ総督にガレオン船操船術伝授や銀精錬職工の来日を打診
一六〇〇	4	29	慶長5	3	16	ウイリアム・アダムス乗船のオランダ船リーフデ号、豊

						後佐志生漂着。家康、大坂城でアダムス謁見
	10	21		9	15	関ヶ原の戦い。家康軍勝利 この頃家康、伊豆でアダムスにガレオン船の造船を命ず
	12	31		11	26	イギリス、東インド会社設立
一六〇一			慶長6			家康、宗義智らを朝鮮に派遣、修好を求める
一六〇二	3		慶長7	1		オランダ、東インド会社設立
						この年、佐渡・石見などで金銀多量産出。佐渡だけで全江戸時代を通じ金四十トン、銀千七百八十トン産出
一六〇三	3	24	慶長8	2	12	家康、征夷大将軍に任じられ江戸に幕府を開く。以後、長崎奉行設置、糸割符法制定、諸街道に一里塚設置、朱印船貿易など次々制度化
			※			家康在位中の国書往還国…呂宋《ルソン》・太沢《パタニ》・安南《アンナン》・東埔塞《カンボジャ》・暹羅《シャム》・占城《チャンパ》・交趾《コウチ》・澳門《マカオ》・田弾《デンダン》
			※			家康生存中の朱印状総数…百九十六通（一航海毎に所定貿易家に限り所定地域に限定）
			※			朱印状使用の貿易家…百五名、内日本人八十三名（島津家久・松浦鎮信・鍋島直茂・加藤清正・細川忠興等その

						他は茶屋四郎次郎などの商人）
			※			朱印状持参の船数…三百五十六隻・平常年二回の航海
			※			商人の貿易船方法…融資方法は「投銀《なげがね》」法。利子が一航海につき三割五分〜十一割、平均五割。投資家は一口銀六貫目以下の小口融資が多かったがそれでも外国貿易は儲かった
一六〇五	4		慶長10	3		家康、朝鮮国使を引見
						一般にタバコ流行、幕府栽培禁止
一六〇六	3	31	慶長11			マドリードで開催の枢密会議の報告。「家康は三年前から日本とフィリピンとの通商を望み毎年一船がマニラから中国商品とフィリピンの余剰物資を、復路には日本から多量の銀、小麦粉，干し肉、船具用麻製品、鉄、鋼、火薬、等持ち帰った」と。船は浦賀に約一年碇泊
一六〇七	6	29	慶長12	5	6	朝鮮使節来日。秀忠に国書奉呈。日朝国交回復
一六〇八	1			11	?	有馬晴信の朱印船マカオに寄港中船員乱暴狼藉。マカオ当局鎮圧。マドレ・デ・デウス号事件の原因
	6	15	慶長13	5	3	新マニラ総督ドン・ロドリゴ、日西貿易を円滑に実施し

						たいとの家康からの書簡を受領。以後、家康とドン・ロドリゴ、書簡を頻繁に往復
一六〇九	5	4	慶長14	4	1	島津家久、琉球を島津所管とする
	6	29		5	28	マカオよりのポルトガル船マドレ・デ・デウス号長崎入港
	7	1		5	30	オランダ船ローデ・レーウ・メット・バイレン号、フリフーン号平戸入港
	8	10		7	11	オランダ使節、家康に国書奉呈。家康貿易許可。平戸に商館設置許可
	10	1		9	4	ロドリゴ乗船のサン・フランシスコ号外房の岩和田に漂着。乗船者三一七名を村民救助
	11	2		10	6	家康、ロドリゴと謁見。ロドリゴ、家康に請願書提出（1．日本在住宣教師の布教　2．スペイン国王との親交継続増進　3．日本在住のオランダ人の追放）家康、返書（1．日本在住宣教師の非迫害　2．スペインとの友好持続　3．オランダ人の国外放逐拒否　4．スペイン船の日本漂着時厚遇　5．スペイン人銀精錬職工五十人の派遣要請　6．洋船の操船術伝授要請　7．

						帰国用船の支度金提示）
一六一〇	1	6	慶長14	12	12	有馬晴信、長崎でポルトガル船マドレ・デ・デウス号を撃沈↓晴信と長崎奉行長谷川藤廣との確執↓旧藤廣家臣で本多正純家臣岡本大八、晴信より賄賂取得↓岡本大八事件へ発展。大八捕縛、晴信蟄居
	2	2	慶長15	1	9	家康、ソテロと新たな「平和協定条項」作成。使節としてソテロのスペイン本国派遣を決定
	8	1		6	13	ロドリゴ、アダムス築造船で帰国の途へ。田中勝介・朱屋隆成など京都商人十七名も乗船。十月メキシコ着
一六一一	6	10	慶長16	4	29	ロドリゴ救出の謝礼にメキシコ副王の返礼大使ビスカイノ浦賀着。日本人十七名帰国
	7	4		5	24	ビスカイノ、駿府城にて家康に拝謁。時計その他奉呈
	12	2		10	28	巳刻（十〜十一時）三陸沖大地震。死者五千人
一六一二	4	21	慶長17	3	21	岡本大八事件首謀者岡本大八火刑。家康、天領に禁教令
一六一三	6	11	慶長18	4	23	イギリスの国使ジョン・セーリス、平戸来航。家康にイギリスとの通商請願。幕府許可、国交成立
	8	2		6	16	公家諸法度、紫衣法度、寺社法度などを定める

				6	27	江戸のキリシタン狩りでソテロ捕縛され火刑宣告。伊達政宗遣欧使節派遣のためとして助命嘆願
	10	28		9	15	支倉常長ら伊達政宗の遣欧使節、仙台藩月浦を出発。ソテロ、ビスカイノら計百五十余人乗船
	10			9		イギリス、平戸に商館設置し貿易開始
一六一四	1	31	慶長18	12	22	家康、全国にキリスト教禁止、高山右近らキリシタン百四十八名をマニラ・マカオに追放
	8	31	慶長19	7	26	方広寺鐘銘事件
	11	3		10	2	大坂冬の陣
一六一五	5～6		慶長20	4～5		大坂夏の陣。豊臣家滅亡
	9		元和1	7		武家諸法度（元和令）制定。禁中並公家諸法度制定。諸宗本山・本寺の諸法度制定
一六一六	6	1	元和2	4	17	家康死去（七十五歳）。秀忠、外国商船寄港地を長崎・平戸に限定
一六一九	9		元和5	8		キリスト教徒六十余人火刑（京都の大殉教）
一六二〇	5	16	元和6	4	24	ウイリアム・アダムス、平戸で死去（五十六歳）
	8			7		支倉常長帰国

一六二二	9	10	元和8	8	5	長崎でキリスト教徒五十五名処刑（元和大殉教）
一六二四	1	2	元和9	11	12	イギリス人、平戸商館を閉鎖。日本を去る
	5		寛永1	3		幕府、スペインと断交
一六三三	3		寛永10	2		奉書船以外の海外渡航・渡航者の帰還を禁ず（鎖国令の始め）
一六三五	7		寛永12	5		外国商船入港を長崎に限定。日本人の海外渡航・在外日本人の帰国を禁ず（鎖国令強化）
				6～11		武家諸法度改定。参勤交代制確立。寺社奉行設置。評定所諸職制を制定。この年五百石積以上大船建造禁止。海外密航・帰国者の処罰規則制定
一六三七	12	11	寛永14	10	25	島原の乱勃発（～三八年四月一二日〈寛永一五年二月二八日〉）
一六三九	5		寛永16	4		諸大名にキリスト教厳禁を命ず
	8			7		ポルトガル船の来航禁止（鎖国完成）
一六四一	7		寛永18	5		オランダ、平戸商館を長崎出島に移す。以後幕末まで継続

岸本（下尾）静江（きしもと〈しもお〉しずえ）
習志野市出身、市原市在住。東京外国語大学スペイン科卒。
NHK 国際局ヨーロッパ・中南米向けスペイン語放送に従事。
時事通信社国際部中南米向けニュース翻訳・送信班勤務。
1980～1982年、夫の陶芸家、岸本恭一がJICA（国際協力事業団）専門家として「トルーカ陶磁器学校」設立の際通訳として同行、家族と共にメキシコ在住。文学グループ「槇の会」同人。市原市主催「更級日記千年紀文学賞」選考委員。
著書：『太陽の国の陶芸家』『コーヒーを挽きながら』（文園社）、『家康とドン・ロドリゴ』（冨山房インターナショナル）
共著：『ユニーク個人文学館・記念館』（新人物往来社）
訳書：M.A.アストゥリアス『マヤの三つの太陽』（新潮社）、J.L.ボルヘス『エバリスト・カリエゴ』（国書刊行会）
共訳：『世界短編名作選・ラテンアメリカ編』（新日本出版社）

家康最後の日々

2024年12月7日　第1刷発行

著　者　岸本（下尾）静江
発行者　坂　本　喜　杏
発行所　株式会社冨山房インターナショナル
〒101-0051
東京都千代田区神田神保町1-3
TEL 03(3291)2578
FAX 03(3219)4866
URL.www.fuzambo-intl.com

印　刷　株式会社冨山房インターナショナル

製　本　加藤製本株式会社

ISBN 978-4-86600-134-0 C0021